Josef Chavanne

Central-Afrika und die neueren Expeditionen zu seiner Erforschung

Antigonos

Josef Chavanne

Central-Afrika und die neueren Expeditionen zu seiner Erforschung

Unveränderter Nachdruck der Originalausgabe von 1876.

1. Auflage 2024 | ISBN: 978-3-38640-272-9

Antigonos Verlag ist ein Imprint der Outlook Verlagsgesellschaft mbH.

Verlag: Outlook Verlag GmbH, Zeilweg 44, 60439 Frankfurt, Deutschland
Vertretungsberechtigt: E. Roepke, Zeilweg 44, 60439 Frankfurt, Deutschland
Druck: Libri Plureos GmbH, Friedensallee 273, 22763 Hamburg, Deutschland

Sammlung

gemeinnütziger

populär-wissenschaftlicher Vorträge.

6. Heft.

Central-Afrika

und die

neueren Expeditionen

zu seiner Erforschung.

Vortrag

gehalten von

Dr. Josef Chavanne.

Wien. Pest. Leipzig.

A. Hartleben's Verlag.

1876.

Central-Afrika

und die

neueren Expeditionen

zu seiner Erforschung.

Vortrag
gehalten von
Dr. Josef Chavanne.

Wien. Pest. Leipzig.
A. Hartleben's Verlag.
1876.

LOAN STACK

Druck von G. Gistel & Cie., Wien, Stadt, Augustinerstraße 12.

Ein Blick auf die für das Culturleben der Menschheit,
für den Fortschritt und die Entwicklung des Gesammtwissens
epochemachenden und bedeutsamen Ereignisse der jüngsten Ver=
gangenheit läßt die erfreuliche Thatsache erkennen, daß unter
denselben die Errungenschaften auf erdkundlichem Gebiete, die
Resultate und Erfolge geographischer Bestrebungen, eine her=
vorragende Rolle spielen und das Interesse der ganzen gebil=
deten Welt in stetig sich steigerndem Maße in Anspruch nehmen

Selbst im Zeitalter der großartigen und weltbewegenden
Entdeckungen des fünfzehnten und sechszehnten Jahrhunderts,
welche in den Vorstellungen über die Oberflächengestaltung der
Erde die tiefgreifendsten Veränderungen hervorriefen und bald
darauf eine erneute Völkerwanderung von Ost nach West
im Gefolge hatten, war den Bemühungen, unsere Kenntnisse
der Erdoberfläche zu erweitern, keine größere Gunst des Ge=
schickes zu Theil geworden, als wie sie in den letzten Erfolgen
der unermüdlichen, in ihrer selbstlosen Hingebung im Dienste
der Wissenschaft bewunderungswürdigen Pionniere der Erdkunde
und mit ihr der Civilisation und Humanität ausgesprochen ist.
Dabei folgen diese Resultate so rasch auf einander, daß die
kartographische Darstellung der das Forschungsgebiet bildenden
Erdräume ein continuirliches Provisorium ist, denn was heute
noch dem Stande der gesammelten Erfahrungen und Kenntnisse
entspricht, wird nicht selten binnen wenigen Monden durch ein
erweitertes und genaueres Forschungsresultat verdrängt.

Den Epigonen eines Diego Cam, Bartholomäus
Diaz, Vasco de Gama, Columbus, Magelhaens,

Abel Tasman und Anderer aus jener glorreichen Epoche der Entdeckungen im großen Style ist aber auch die Aufgabe zu Theil geworden, das Werk, das jene in rohen Umrissen vorgezeichnet, zu Ende zu
führen, und dazu bedurfte es nach mehr als zweihundertjährigem
Zeitraume des emsigsten Bienenfleißes, wie ihn das neunzehnte
Jahrhundert entwickelt, um die großen unbekannten Erdstrecken
der Forschung zu erschließen, die bis dahin noch das Innere
der Continente barg. Wenn trotz der unermüdlichsten Thätigkeit
noch die Weltkarten weiße Flächen aufweisen, Strecken, die nie
bisher noch eines Europäers, eines wissenschaftlich gebildeten
Reisenden Fuß betreten, so findet dies seine Erklärung in den
namenlosen Schwierigkeiten, die Natur und Mensch der Erforschung jener Gebiete entgegenstellen. Es gilt dies für die
der menschlichen Forschung scheinbar unzugänglichen eisumstarrten
Regionen des hohen Nordens und insbesondere für das Innere
des schwarzen Erdtheils, dessen Boden die Körper einer zahlreichen auserlesenen Schaar wissensdurstiger Pionniere der
Erdkunde deckt, die ihr Höchstes, ihr Leben ihrem idealen
Forschungsdrange, ihrer freiwillig übernommenen edlen Mission
zum Opfer brachten, — um welchen Preis? — Die Summe
unserer im laufenden Jahrhunderte errungenen Kenntnisse über
diesen räthselhaften Continent gibt die beste und treffendste
Antwort auf die Frage. Und auf dieser nunmehr als geschlossener
Coloß allseitig von den Fluthen des Weltmeeres und seiner Binnen-
theile umspülten Insel wieder, ist es insbesondere jener
Theil, welcher zu beiden Seiten des Aequators einerseits bis
zum Südrande der größten Erdenwüste, der in brennender
Sonnengluth sich erstreckenden Sahara, andererseits bis zu den
Gold und Diamanten bergenden Tafelländern Süd-Afrika's sich
ausdehnt, welcher selbst gegenwärtig noch einen Raum von
2.200.000 □Kilometer (also nahezu das Vierfache des Areals
unseres gemeinsamen Heimatlandes) umfaßt, der unentschleiert
für den Blick des Forschers eine terra incognita im voll-
sten Sinne des Wortes geblieben ist.

Unter allen Nationen, die in edlem Wetteifer bestrebt
waren, diesen Schleier zu lüften und die Grenzen dieser

unerforschten Räume immer enger zu ziehen, sind es vorzüglich Engländer und Deutsche, welchen die Erdkunde und die gebildete Welt zu Dank verpflichtet ist. Ihr Verdienst ist es, wenn wir heute im Stande sind, ein annähernd richtiges Bild der Boden= configuration des äthiopischen Continents uns machen zu können, wenn wir uns eine Vorstellung des ungewöhnlich reichen und großartigen Flußnetzes und der auf der ganzen Erdoberfläche in ihrer Art einzig dastehenden Seenregion des äquatorialen Afrika bilden können. Zahlreiche Stämme, Millionen von Menschen in sich fassend, von den eigenthümlichsten materiellen, physischen und ethischen Charakteren, sind uns durch ihre Forschungen bekannt geworden.

Die Rückkehr eines von seltenem Glück begünstigten und mit Ruhm und Erfolg gekrönten Pionniers auf afrikanischem Boden, des britischen Seeofficiers L. Cameron, dem die Durch= querung des afrikanischen Continents von Ost nach West ge= lang, gibt mir eine gerechtfertigte Veranlassung, den Stand unserer Kenntnisse über den centralen Theil Afrika's in einem Vortrage zu entwickeln und den geehrten Lesern ein in großen Zügen entworfenes Bild des in Frage stehenden Erdstrichs geben zu dürfen.

Es wird die Bedeutung und Tragweite der letzten For= schungsresultate in Centralafrika in das entsprechende Licht stellen, wenn wir uns in kurzen Zügen die geschichtliche Ent= wicklung unserer Kenntnisse über dasselbe in Erinnerung rufen. Für die alten Culturvölker, welche das Südgestade des Mittel= meerbeckens bewohnten und von hier aus ihre Kenntnisse über Gestalt und Ausdehnung der Erde zu erweitern suchten, war der Aegypten segenspendende Nil das natürliche Thor in das Herz von Afrika; die Bemühungen, auf diesem Wege Näheres über Land und Volk im Innern des Erdtheils zu erlangen, sind so alt als die Geschichte selbst.*) Auch zur See wurde durch phönizische Seeleute die Erforschung des äquatorialen

---

*) Die Priester von Meroe, der alten Königstadt in Ober= Egypten, sollen mehr als 10 Jahrhunderte vor Chr. die Configuration des Nilquellengebietes gekannt haben.

Theils der Ostküste Afrika's angebahnt und versucht, wofür die im dritten Buche der Könige (Schriften des alten Testaments) erwähnte und von König Salomon angeordnete Fahrt nach dem Goldlande Ophir (das wahrscheinlich an der Ostküste Afrika's lag) circa 1000 Jahre v. Chr. spricht. Ebenso wurde uns durch Herodot die Nachricht überliefert, daß phönizische Seeleute zur Regierungszeit König Necho's von Egypten (einem Sohne Psammetich's aus der 26. Dynastie) im siebenten Jahrhunderte v. Chr. die erste Umschiffung Afrika's von Ost nach West in 2 Jahren ausgeführt haben sollen. Wenn nun auch diese Ueberlieferungen in ihrer ganzen Ausdehnung von der gegenwärtigen Wissenschaft vielfach angezweifelt und in das Reich der Sage verwiesen wurden, obwohl die Ausführung immerhin möglich erscheint, so darf aber immerhin so viel als Thatsache hingestellt werden, daß phönizische Seeleute schon früher und später wiederholt das Cap Guardafui (das Cap Aromates der Alten), einen der vier Eckpfeiler des afrikanischen Colosses umschifft haben, und gibt die Sage einen deutlichen Beweis, daß selbst in so früher Zeit sich die Aufmerksamkeit der alten Culturvölker einer Sache zugewendet hatte, die seither die Geographen aller Völker in steter Spannung erhielt. Als später an der Nordküste Afrika's, Königin Dido's Reich, das classische Carthago zur Machtentfaltung herangeblüht war, soll Hanno um das Jahr 470 v. Chr. mit seinen Seeleuten bis an die westliche äquatoriale Küste Afrika's in den Meerbusen von Guinea vorgedrungen sein, um damit auch auf dieser Seite den Weg zum Innern für spätere Expeditionen vorzuzeichnen. Bisher schweben aber die erkundeten Nachrichten noch sehr in der Luft und entbehren des directen Nachweises; bestimmtere und verläßlichere Nachrichten finden wir bei Strabo, dem allbekannten griechischen Geographen. Ihm ist die Ostküste Afrika's (Azania der Alten) bis zum Cap Rhaptum, dem heutigen Kilwa, und die Suaheliküste bekannt, welche, wie wir noch in der Folge sehen werden, im neunzehnten Jahrhundert, besonders in den letzten zwei Decennien zum Ausgangspunkte mehrerer von glänzendem Erfolge begleiteter Forschungsreisen nach der geheimnißvollen Seenregion im Herzen von Afrika wurde. In Central-afrika, speciell im Gebiete des oberen Nil, ist Strabo von der Mündung des Sobat (mündet, von Osten aus den Gallaländern kommend, südlich des 10.° N. Br. in den Nil) unterrichtet, eines Flusses, der seither von manchen hervorragenden Geographen als der Hauptquellfluß des Nil angesehen wurde. Seine Quelle ist indessen zur Stunde noch unbekannt und un-erforscht.

Einen bedeutenden Fortschritt in den Kenntnissen über den nördlichen Theil Central-Afrika's (das obere Nilgebiet) bezeichnen die Nachrichten, welche die von dem trotz seiner bachantischen Gelage nach Ruhm geizenden Kaiser Nero (60 J. n. Chr.) zur Erforschung des Nillaufs entsendete römische Expedition heimbrachte. Plinius und Seneca, deren Berichte sich in überraschender Weise über dieses staunenswerthe Unter-nehmen ergänzen, erzählen uns, daß es der Expedition ge-lungen war, auf dem Nil bis in jene oft thatsächlich unduchdring-liche Sumpfregion am Zusammenflusse des weißen Nil und des Gazellenstroms vorzudringen, dort wo eine üppig wuchernde, tropische Sumpfvegetation den Fluthen des Nil nur ein enges eigentliches Fahrwasser läßt und selbst dieses oft durch eine breite und dichte, schwimmende Pflanzenbarre (Sset) absperrt. Von den Volksstämmen dieses durch ein tödtliches Fieber-klima verrufenen Gebietes erwähnen die beiden römischen Schriftsteller die heute unter dem Namen Bari, Schir und Eliab bekannten Negerstämme, auch taucht die märchenhafte Nachricht von der Existenz zwerghafter Völker (Pygmäen) im Süden dieses Erdstriches schon bei ihnen bestimmter auf. Was die römischen Centurionen vorgefunden, die geophysikalischen Verhältnisse dieser miasmengeschwängerten Nilgegenden hat sich seither, nach beinahe zwei Jahrtausenden, kaum merkbar verändert, ein sprechender Beweis für die Richtigkeit der römischen Entdeckungen.

Die Resultate der neronischen Expedition setzten die Nilquellenfrage auf die Tagesordnung und beschäftigten die Geographen in erhöhtem Maße. Das Problem der Entdeckung der Nilquellen wurde seither zu einem unermüdlich discutirten Gegenstande speculativer Diener der Wissenschaft bis auf unsere Tage, die hoffentlich das Räthsel in seinen letzten Netzmaschen lösen werden. Nur drei Decennien später erreichten römische Expeditionen (Julius Maternus) im Innern Afrika's (im Süden Fezzan's) ein den Römern bishin völlig unbekanntes, von schwarzen Menschen bewohntes Land, das sie Agysimba nannten, es sind dies die Heidenlandschaften und moslemitischen Staaten am Südrande der Sahara. Bald jedoch erweiterten sich die Nachrichten über die Lage der Nilquellen. Marinus von Thrus hatte in Erfahrung gebracht, daß die sumpfigen Seen, aus welchen der Nil entströmen sollte, in einem Lande nahe dem Parallel der Insel Menuthias (dem heutigen Zanzibar) lägen, und kam damit der Wahrheit ziemlich nahe. Marinus' Nachfolger (im zweiten Jahrhunderte n. Chr.) Claudius Ptolemäus, gleichbedeutend als Geograph wie als Geometer, bekannt durch seine Versuche, die geographische Lage (Länge und Breite) auf seinen Karten mit Hilfe des Stadienmaaßes zu fixiren, erfuhr durch arabische Handelsleute aus Aden die Lage der Quellseen des Nil im Innern des Festlandes, nachdem vorher die fabelhafte Vorstellung von der doppelten Mündung des Nil ins mittelländische und atlantische Meer nach Westen hin (die im Mittelalter wiederkehren und die größte Verwirrung erzeugen sollte) abgethan war; doch auch er war mit der Einzeichnung der schneebedeckten Mondberge, aus welchen der Nil seine Quellen in die beiden großen Seen (Palus orientalis und occidentalis) senden sollte, nicht glücklicher als viele seiner Vorgänger. Die dadurch hervorgerufene Verwirrung sollte bis in unser Jahrhundert andauern. Mit den Mondbergen und der Landschaft Agysimba sind die äußersten Grenzlinien bezeichnet, bis zu welchen die Kenntnisse und Vorstellungen der Alten über das Innere des afrikanischen Continents reichten. Obschon dieselben dunkel und verschwommen, und insbesondere durch den jeglichen Mangel haltbarer Entfernungsangaben an Werth einbüßen mußten, geben sie dem geographischen Sinn der Griechen und Römer

ein beredtes Zeugniß, umsomehr als ihre Nachfolger bis in
das vorige Jahrhundert nichts Neues hinzufügen konnten. Mit
den Erkundigungen des Ptolemäus beginnt eine Epoche langan=
dauernden Stillstandes für innerafrikanische Kenntnisse. Erst
mit der Invasion der Araber in Afrika im 7. bis 12. Jahr=
hunderte n. Chr. tauchen weitere Nachrichten über das innere
Afrika auf. So berichtet uns der bekannte arabische Geograph
Edrisi von arabischen Handelsniederlassungen an der Ostküste
des äquatorialen Afrika (1009 n. Chr.), welche bis Sena am
Unterlaufe des großen Zambesistroms und bis zum heutigen
Cap Corrientes südlich vom Wendekreis des Steinbocks
reichten. Getreu dem Befehle des Stifters ihrer Religion,
dieselbe mit Feuer und Schwert zu verbreiten, wurden bald,
nachdem sie den afrikanischen Boden überhaupt betreten, die
Bewohner und in erster Linie die Herrscher der bisher heid=
nischen Staaten verdrängt, und schon um die Mitte des
zwölften Jahrhunderts sind in den beiden Staaten am Nordrande
Centralafrika's, Darfur und Wadai die islamitischen Stämme,
der Zoghauas zur Herrschaft gelangt. Wenn es daher keinem
Zweifel unterliegt, daß die Araber wie gegenwärtig so auch
schon damals von ihren Niederlassungen an der Suaheli= und
Mozambiqueküste aus Handelszüge nach dem Innern (der
Seeregion des Tanganjika, Ukerewe und Njassa) unternahmen,
wie dies auch uns von Ben Zaid Zanzibar dadurch bestätigt
wird, daß er auf seinen Handelsreisen (circa 1264 n. Chr.)
mehrmals in das Innere von Centralafrika eingedrungen war
und den Njassasee als den Quellsee des Nil hielt, so darf
auch angenommen werden, daß die der angestrengten Feld=
und Haus=Arbeit abgeneigten Araber in der einheimischen
Negerbevölkerung eine willkommene Abhilfe und einen ein=
träglichen Handelsartikel finden mußten, sie daher den Sklaven=
handel, der gegenwärtig im Innern von Afrika in vollster
Blüthe steht und mit Mühe nur theilweise an der äquatorialen
Ost= und Westküste durch englische Kreuzer unterdrückt wird,
schon im 11. und in den folgenden Jahrhunderten, auf dem Land=
wege nach Norden zu den Märkten Fezzans und Tripolis

betrieben. Sicherlich konnten die Araber auf diesem Wege von manchen Gebieten Centralafrika's Kunde haben, die uns aber verloren gegangen, gegenwärtig neuerdings mühsam wiedererworben werden muß. Damit sind die Nachrichten über Centralafrika bis zum 18. Jahrhundert ziemlich erschöpft. Das Mittelalter und seine Geographen zehrten wesentlich an den Ueberlieferungen arabischer Schriftsteller und ergänzten die Lücken in den Berichten dieser aus der Phantasie, wie dies aus den Weltkarten des A. Bianco, Fra Mauro und Martin Behaim im 15. Jahrhundert und O. Dapper im 17. Jahrhundert zu entnehmen ist. Die weltbewegenden Entdeckungsreisen der Portugiesen im 15. Jahrhundert, die Besitzergreifung eines großen Theiles der äquatorialen West- und Ostküste Afrika's durch dieselbe Nation, sie blieben bis zu Ende des 18. Jahrhunderts ohne merklichen Einfluß auf die Erweiterung unserer Kenntnisse über das Innere. Einen kleinen Schritt nach vorwärts bezeichnen die Nachrichten und Erkundigungen, welche wir den portugiesischen Missionären (insbesondere Francesco Alvarez zu Anfang des 17. Jahrhunderts) in Abessinien über den südlichen Theil dieses christlichen Reichs und den Lauf des blauen Nil verdanken.

Gegen den Schluß des 18. Jahrhunderts bemächtigte sich das Interesse an afrikanischen Erforschungsreisen auch größerer Gesellschaftskreise und so sehen wir 1788 die Gesellschaft British-African association sich bilden, mit dem Zwecke, die Erforschung des westlichen und nördlichen Theiles von Afrika systematisch zu betreiben. Wenn auch das Gebiet der Forschung, das sich die Männer erkoren, die im Dienste der Gesellschaft standen, streng genommen nicht hieher gehört, so wurde doch durch die Reisen Mungo Parks 1795—1805 und Hornemann's 1799 der Weg zum Innern von Afrika vom Westen durch den Ersteren, vom Norden durch den Letzteren angebahnt. Ihre Arbeiten und Leistungen waren jedenfalls ein unschätzbarer Gewinn und Wink für ihre Nachfolger, insbesondere in Bezug auf die Art des Reisens, und die Weise, die tausendfältigen Schwierigkeiten, die sich dem Afrika-Reisenden entgegenstellen, mit Erfolg zu bekämpfen; zugleich eröffneten dieselben eine neue Aera, diejenige der wissenschaftlichen Forschungsreisen in Afrika. Vom Südwesten und Südosten her, hatten portugiesische Handelsleute schon geraume Zeit ihre Waaren durch Halbeingeborne aus den portugiesischen Niederlassungen an beiden Küsten einerseits bis an den Oberlauf des Zambesi und in die Länder im Westen des Njassasees, andererseits bis zu den beiden großen linksseitigen Nebenflüssen des Congo, Quango und Kassabi circuliren lassen, und dadurch die Bahn nach Centralafrika eröffnet. Schon 1798 dringt vom Zambesi aus der Portugiese Dr. Lacerda bis über Lucenda (Cazembe's Residenz) im Südosten des centralafrikanischen Sees Moero, nahe dem 8. Grad südlicher Breite und bestimmt auf dieser Reise einige Punkte, darunter auch den letztgenannten (den Endpunkt seiner Reise, auf welcher er auch seinen Tod fand) in seiner geographischen Länge und Breite zum ersten Male, und liefert dadurch einen sicheren Anhaltspunkt für die Kartographie des südlichen Centralafrika und die Lage der nördlichen Zambesizuflüsse sowie des Njassasees. Er überschreitet auch ohne eine Ahnung von der Bedeutung der Thatsache zu haben, die Wasserscheide zwischen dem atlantischen und indischen Ocean (Congo und Zambesi), das Muxingagebirge und den Hauptquellfluß des Bembasees, den Tschambesi, den 69 Jahre später Livingstone als den östlichsten Quellfluß des Lualaba-Congo erkennen sollte. Von der portugiesischen Angolaküste dringen Halbeingeborne, sogenannte Pombeiros, in den Jahren 1806—1810 von Kabebe, der unter dem 8. Grad südlicher Breite gelegenen Residenz des mächtigen Königs Muati-janvo, dem ein großer Theil des südwestlichen Centralafrika botmäßig ist, nach der Residenz eines nicht weniger bedeutenden Herrschers im Innern, nach Cazembe's Residenz (Lucenda), kaum 140 Kilometer im Südosten des großen, langgestreckten Tanganjikasees vor. Leider hatten die beiden Reisen keinen weiteren Einfluß auf die Bereicherung unserer Kenntnisse über die geo- und ethnographischen Verhältnisse der durchzogenen Gebiete.

Zehn Jahre später, 1816, entsendet die vorhergenannte African association den Capitän Tuckey zur Erforschung des Congoflusses ab, der ins Herz Centralafrika's führt. Doch das Glück ist dem Briten nicht gewogen. Das tödtliche Klima, andere Hindernisse und endlich große Katarakte, an denen der Fluß ebenso reich wie der Nil sein soll, lassen ihn nur bis zu den Fällen oder der Durchbruchsstelle durch die Serra Complida, den Westrand des äquatorialen afrikanischen Hochlandes gelangen, nur wenige Mitglieder seiner Expedition sahen die Heimat wieder, der Führer und die meisten mit ihm erlagen dem Klima.

Fünfzehn Jahre später erreicht wieder ein Portugiese Major Monteiro, das Reich Cazembe's bis Chama (Muoro Achinto nahe dem 10. Grad südlicher Breite und jenseits des Tschambesi). Das fünfte Decennium unseres Jahrhunderts brachte im Osten im Nilgebiete ungewöhnliche Ereignisse für die Erforschung Centralafrika's; der Nil, das Zugangsthor zum Innern, wurde Zeuge einer langen Reihe wechselvoll von Glück und Erfolg minder oder mehr begünstigter Unternehmungen. Mehemed Ali, Vicekönig von Egypten, ein Mann von seltenem Eifer, entsendet binnen zweifacher Jahresfrist, 1839 bis 1841, zwei große Expeditionen zur Erforschung der oberen Nilzuflüsse, an welchen sich die Franzosen Thibaut und d'Arnaud und der Deutsche Werne betheiligen. Die Expedition bringt bis zum 4. Breitegrad nördl. vor und erreicht somit nach 1800 Jahren den einstigen Schauplatz der neronischen Expedition. Einem solchen langen Interregnum des Dunkels erst sollte eine Helle folgen, die über das System der Nilzuflüsse Licht verbreitete.

In den südlich von Kordofan gelegenen Ländern, im Norden vom Zusammenflusse des weißen Nil mit dem Gazellenflusse hatten schon 1837 und 1839 die beiden österreichischen Reisenden, der Bergingenieur Rußegger und der Botaniker Kotschy die Geographie von Inner-Afrika bereichert und zahlreiche Erkundigungen über Land und Volk eingezogen.

Die Nachrichten von ungeheuren, an der Grenze von

Egypten brachliegenden Naturreichthümern und Schätzen, welche sich nach Rückkehr der d'Arnaud'schen Expedition verbreiteten, wurden bald zur Veranlassung, daß in den darauf folgenden zwei Decennien 1840—1860 eine ganze Schaar von Elfen= bein= und Sklavenhändlern die Gegenden am weißen Nil und Gazellenflusse und die Gebiete im Westen desselben durchzog, in den meisten Fällen ohne jeden Gewinn für die Erdkunde, weil es Leute ohne jegliche Bildung und sie von den unlau= tersten Motiven zu den abenteuerlichen Streifzügen getrieben waren; in einigen anderen Fällen aber verband sich mit dem commerciellen Interesse auch der Wunsch, der Wissenschaft zu dienen, und diesen Männern verdanken wir manche werthvolle Beiträge zur Erdkunde Inner=Afrika's. Zu diesen Letzteren, welche von ihren befestigten Handelsniederlassungen (Seriben) unter den zahlreichen Negerstämmen Excursionen bis in vorher von Europäern nie betretene Gebiete Centralafrika's unter= nahmen, gehören die beiden Brüder Poncet, der nachmalige englische Consul Petherick, der nachmalige österreichische Consul Hansal, der sardinische Consul Brun Rollet, die Italiener Miani, Piaggia und Angelo Vinco. Ihren Reisen ist die erste Erschließung des Kannibalenlandes der Niam=Niam, die theil= weise Erforschung der Nilzuflüsse Nam Rohl, Djur, Djemit, Tondsch u. s. w., die Kenntnisse über die Negerstämme Nuehr, Dinka, Schilluk, Bari Dor u. s. w. zu danken. Zu Beginn des fünften Decennium fällt auch die Gründung der Missionsstationen Gondokoro und Heiligenkreuz am weißen Nil (Bahr el Gebel), das erstere unter dem 5., das letztere unter dem 7. Grad nördlicher Breite, beide aber in einer höchst ungesunden fieber= geschwängerten Gegend, die einen großen Theil der zur Er= füllung ihrer Glaubensmission hiehergeeilten Männer dahin= raffte. Unter den Missionären beider Stationen sind es vor= züglich die Oesterreicher Knoblecher und Dovjak, ferner der Deutsche Kaufmann, der Italiener Beltrame und der Brite Morlang, die außer ihrer Missionspflicht stets die Be= reicherung unserer geographischen und physikalischen Verhältnisse des kaum bekannt gewordenen Gebietes im Auge hatten. Ihnen folgten bald mehrere wissenschaftliche Reisende, wie Heuglin, Dr. Steudner, Schubert, die Franzosen Dr. Peney, Baubey und Lejean, der Italiener Antinori, die für die wissenschaftliche Ausbeute besonders in Bezug auf Flora und Fauna dieser Gegenden eine rührige Thätigkeit entfalteten. In Begleitung Heuglin's und Schubert's finden wir selbst wißbegierige Damen, die holländischen Frauen Tinne und Capellen am weißen Nil. Die ungewöhnlich reiche und eigenthümliche Fauna lockte auch eine große Anzahl von Jüngern Nimrod's an, und so finden wir Harnier, Binder, den Oesterreicher Klaincznik, die Franzosen Malzac und Vahssière Streifzüge im Gebiete der zahlreichen Zuflüsse des Nil unternehmen.

Die Erkundigungen, welche diese Männer einzogen, er= streckten sich bis nahe zum Aequator, so erhielten die Brüder Poncet und der Consul Petherick Nachrichten von der Existenz eines großen westwärts fließenden Stromes im Lande der Niam-Niam, eines Flusses, den Dr. Schweinfurth 1870 als Uëlle überschritt, auch die Existenz eines großen im Westen des Ukerewe liegenden Sees, des Mwutan, wurde durch diese bei= den Reisenden erfahren.

Doch nicht im Nilthale allein, vom Norden, Osten und Süden werden in diesem Zeitraume Versuche gemacht, in's Innere des geheimnißvollen Erdtheils zu dringen, oder wenig= stens verläßliche Nachrichten über die dahin führenden Wege von den Eingebornen zu erlangen. Von Nordwesten her bringt der berühmte deutsche Afrikaforscher Dr. Barth auf seiner Reise von Kuka am Tschadsee nach dem Binuë und der großen Wüstenmetropole Timbuktu, am westlichen Arme des Schari im Jahre 1852 bis zum 10. Breitegrad vor und zieht Erkun= digungen über die heidnischen Negerstämme im Süden und Süd= osten Baghirmis ein. Vom Uëllefluß hört Barth desgleichen, er wird ihm als Fluß von Kubanda genannt. Vom Südwesten wiederholt der Portugiese Graça 1843—1846 den Versuch, ins Innere zu dringen, und gelangt bis in die Nähe von Muatijanvo's Residenz Kabebe, während der Sohn Ungarns, Ladislaus Magyar (während seines langjährigen Aufenthaltes in Bihé mit einer Negerprinzeſſin verehelicht), 1850—1851 das Reich Molua durchreist und dabei bis Jah Quilem nahe dem Kaſſabi und dem 7. Grad ſüdlicher Breite gelangt, und damit das ausgedehnte Flachland betritt, das ſich nordwärts bis zum Congo erſtreckt.

Einen bedeutenden Schritt zur Löſung der tauſendjährigen Nilquellenfrage bereiteten die Nachrichten vor, welche Miſſionäre von der Oſtküſte Afrika's einzogen. Zu Mombas, einem durch die portugieſiſchen Expeditionen im 15. Jahrhunderte berühmt gewordenen Orte der Zanzibarküſte, errichtete der Miſſionär der engliſchen Kirche Dr. Krapf im Jahre 1843 eine Miſſion, welche ſich die ſchwierige Aufgabe geſtellt hatte, die ihrer Wild=heit und Räubereien wegen berüchtigten Djagga und die weiter inlands wohnenden Maſſaï mit den Segnungen der Cultur be=kannt zu machen. Kaum acclimatiſirt, unternahm Dr. Krapf in Gemeinſchaft mit Rebmann in den Jahren 1847—1852 Reiſen gegen das Innere. Eine Entdeckung, die das größte Aufſehen in der wiſſenſchaftlichen Welt machte, belohnte ihre Mühe. Die mythiſchen ſchneebedeckten Pics Kilima=Ndſcharo und Kenia und ein anderer, die Höhe von 10.000 Fuß überſteigender Berg Mero wurden zum erſten Male von europäiſchen Reiſenden er=ſchaut und ſpäter theilweiſe beſtiegen, ein Unternehmen, das einem großherzigen Förderer der Erdkunde, Freiherrn Claus von der Decken, im Jahre 1865 den Tod durch die Hand der wilden Eingebornen brachte.

Noch wichtiger und von größerem Einfluſſe auf das Zu=ſtandekommen der nachfolgenden Expeditionen war die Nachricht der beiden kühnen Miſſionäre von der Exiſtenz zweier großer hochgelegener Seen im Weſten der Schneeberge, als die eigent=lichen Quellſeen des Nil. Dieſe Mittheilungen der Miſſionäre brachten ein ungemein reges Leben in die Beſtrebungen der Geographen, ſie geſtalteten die Nilquellenfrage zu einer der bren=nendſten und veranlaßten, daß die engliſche geographiſche Geſell=ſchaft die beiden Capitäns der indiſchen Armee Burton und Speke mit der Ausführung einer Forſchungsreiſe nach jenem Theile Centralafrika's betraute. Die beiden Reiſenden trafen

Ende 1856 an der Zanzibarküste ein, doch erst 1857 gelang es ihnen, von Kaole aus ihren Marsch gegen das Innere anzutreten. Unfern von Bagamojo, der französischen Missions= station, kaum einige Tagreisen weit im Innern, im Lande der Usaramo, starb 1845 der französische Forschungsreisende und Seeofficier Maizan, indem er bei lebendigem Leibe zergliedert wurde. Es mag dies zeigen, daß den Pionnieren der Erdkunde keine geringeren Martern zugedacht werden, als den Märtyrern des Glaubens in längstvergangenen Zeiten. Durch die Länder Usagara, Ugogo, Uiansi, Uniamuesi und Uvinsa erreichten Burton und Speke am 13. Februar 1858 das Ostufer des Tanganjikasees, bei dem in der Folge so viel genannten Orte Udschidschi. Damit war ein bedeutsames Stück Hypothese der Alten in das Reich der Wirklichkeit gerückt, nachdem sie den See in seiner Breite zwischen Ost und West bei der Kasenge= Insel durchschifft. Auf der Rückkehr nach der Küste trennt sich Speke in Kaseh (Taboro), dem Hauptorte in der Landschaft Uniamuesi, von seinem Reisegefährten und bringt durch das Land Usukuma zum zweiten von Krapf und Rebmann erwähn= ten See, dessen Südufer er bei Muansa erreicht; der Königin seines Heimatlandes zu Ehren nennt er den bei den Eingebor= nen Ukerewe genannten See: Victoria Nyanza. Am weiteren Vordringen verhindert, kehrt er zurück, in der Ueberzeugung, den einen Quellsee des Nil des Ptolemäus entdeckt zu haben. Die Entdeckungen Burton's und Speke's verfehlten nicht, in der Welt, besonders aber in England, das größte Aufsehen zu er= regen; noch war aber viel zu thun übrig, die Ausdehnung und Configuration beider Seen, insbesondere des letzteren ein un= entschleiertes Räthsel, die Bodenform und Hydrographie des Gebietes im Norden der Seen und der Abfluß des letzteren unbekannt geblieben. Die geographische Gesellschaft in London zögert nicht, Capitän Speke, diesmal in Begleitung seines Freundes Capitän Grant, schon im Jahre 1860 wieder nach der Zanzibarküste zu senden, damit Beide die begonnenen For= schungen zu Ende führen können. Unter großen Mühsalen und Zeitverlust erreichen beide Reisende im October 1861 den See an der Stelle von Mtesa's Residenz, des Königs von Uganda, der ihnen einen festlichen und wohlwollenden Empfang bereitet. Ihr Weg führte sie von Kaseh durch die Reiche Usinsa, Karagwe und Uganda im Westen des Sees, stets mehrere Tagreisen vom See entfernt. Die Ostküste des Sees blieb ihnen auch diesmal unsichtbar. Da Mtesa's Residenz jenseits des Aequators gelegen und das Südende des Sees 1858 von Speke in $2^1/_2°$ südlicher Breite gefunden wurde, so konnte Speke mit Recht auf eine große Ausdehnung seiner Gewässer schließen, seine Darstellung aber wurde von seinem früheren Reisegefährten Capitain Burton bekämpft, bis erst in unseren Tagen ein kühner Mann, Stanley, die Angaben Speke's vollinhaltlich bestätigte. Mit dem Erreichen des Nordufers des Ukerewesees war aber nur die halbe Arbeit gethan, es blieb noch zu constatiren, daß der Ausfluß des Sees der Nil Egyptens sei. Wie es selten einem Afrikareisenden gegönnt ist, das sich gestellte Programm in allen Stücken zu erfüllen, so konnten auch Speke und Grant nicht den Lauf des Ausflusses seiner ganzen Länge nach verfolgen, im Gegentheile sie verloren bei den Karumafällen den Fluß aus dem Auge, um ihn erst bei den Merifällen im Lande der Madineger zu erreichen; der Nil aber fließt auf der den Reisenden verborgen gebliebenen Strecke in einen zweiten, westlich vom Ukerewe liegenden See, dessen Entdeckung einem Landsmann Speke's, Baker, vorbehalten blieb, mit dem sie auch im Februar 1862 in der Missionsstation Gondokoro am weißen Nil zusammentrafen. Mit der Reise Speke's und Grant's war die Brücke vom südlichen nach dem nördlichen Centralafrika geschlagen.

Das Zusammentreffen Speke's mit Baker in Gondokoro brachte bei Letzterem den Entschluß zur Reise, den Lauf des Nil von den Karumafällen westwärts zu verfolgen und den von Speke erkundigten Luta Nzigesee zu erreichen. Von seiner Frau begleitet, bricht er im Jahre 1864 nach Mruli, der Residenz Kamrasis, des Königs von Unioro, dessen Reich sich bis an den See ausdehnt, auf und erreicht nach 18 Tagen den ersehnten See, ungefähr in $1·0°$ nördlicher Breite, den er Albert

Nyanza benennt, bei den Umwohnern des Sees aber Mwutan und Luta Nzige heißt. In einem Boote an der Ostküste nordwärts dringend, erreicht er bei Magungo die Zuflußstelle des Nil in den See, und in der Folge die 36 Meter hohen Murchisonfälle, über welche sich die Waffer des Fluffes herabstürzen. An der Westseite des Sees erblickt Baker in blauer Ferne ein hohes steiles Gebirge, das ihm von den Eingebornen Ulegga genannt wird.

Mit dieser Entdeckung tritt in diesem Theile Centralafrikas ein 10jähriger Stillstand ein, binnen welcher Zeit kein Europäer die Ufer dieser Seen betritt.

An der Westküste Centralafrika's, unter dem Aequator und nur einen Breitegrad südlich desselben, wälzen zwei große Flüsse in ausgedehnten Aestuarien ihre Fluthen in den atlantischen Ocean, es sind dies der Gabun und der noch wichtigere Ogowai. Es ist leicht einzusehen, daß man bald den Versuch unternahm, diese Wafferstraßen zum Eindringen in's Innere zu benützen, und dies geschah denn auch in den Jahren 1855 bis 1866 zu wiederholten Malen. Der Reisende Du Chaillu drang im Jahre 1858 bis zu dem Stamm der Ischago, im Jahre 1865 aber bis zu den Nschavi, circa 370 Kilometer weit ins Innere vor, der britische Missionär Walker im darauffolgenden Jahre am Hauptfluffe des Ogowai (Okanda nach der Einmündung des Ngunïe genannt), bis zu dem Stamm der Oscheba; die Erkundigungen, welche beide Reisende sowie der Forscher Kölle über die nördlich davon liegenden Gebiete einzog, versprachen hier einer von dieser Küste nach Osten vorgehenden Expedition manchen Erfolg und wurden in den nächsten Jahren Veranlaffung zu mehreren Expeditionen. Von besonderem Intereffe war die von Du Chaillu constatirte Existenz von Zwergvölkern am Ogowai und von Kannibalen am Okanda (M'pangwe genannt).

Im Jahre 1866 betritt vom Süden her ein Mann den Schauplatz Centralafrika's, deffen Name den beften Klang unter allen Afrikareisenden hat, der gegenwärtig überall, wo Sinn für aufopfernde Pflichttreue, das Wirken für Humanität und

Civilisation, Ausdauer und Charakterstärke hoch geschätzt werden, gefeiert, dem die Erdkunde die Erforschung halb Afrika's dankt und den sie auch mit Stolz zu ihren besten Arbeitern zählt — David Livingstone. Was dieser englische Missionär nicht nur für die Wissenschaft (hier speciell für die Erforschung Süd= und Centralafrika's), sondern auch als Sendbote der Cultur und Humanität, als Kämpfer gegen den entwürdigenden Sklavenhandel geleistet hat, darf als bekannt vorausgesetzt werden; hier beschäftigt uns nur seine Thätigkeit als Forschungsreisender. Nachdem er 25 Jahre*) in Südafrika Land und Leute der Kenntniß erschlossen und der erste Europäer den Continent von West nach Ost (von Loanda an der portugiesischen Angolaküste nach Kilimane nördlich der Zambesimündung an der Ostküste) durchreist, auf welchem Zuge ihn seine Gattin, die Tochter des Missionärs Moffat, begleitete, bis sie der Tod 1862 von seiner Seite rafft, entsendet ihn die englische geographische Gesellschaft nach kurzer Erholungszeit in England im Jahre 1866 wieder in sein zweites Vaterland, denn so darf man Afrika bei ihm nennen. Von der Mündung des Rovuma an der Ostküste südlich des 10. Gr. südl. Breite aufbrechend, zieht er längs des Flusses und durch das Land der Wahiao zum Südende des Njassasees, des östlichsten der großem Seen in der Südhälfte Centralafrika's, die Route des im Jahre 1857 von den Eingeborenen ermordeten deutschen Forschungsreisenden Roscher, der sich die Erforschung des Njassasees zur Aufgabe gestellt hatte, kreuzend, und von hier erreicht er, den Loangwa (einen linken Nebenfluß des Zambesi) überschreitend und ziemlich denselben Weg wie der Portugiese Dr. Lacerda 1798 verfolgend, die Wasserscheide des Congo und Zambesi, das Muxingagebirge. Wir müssen uns hier in Erinnerung rufen, welche Aufgaben der Lösung durch seine Forschungen harrten. Burton's, Speke's und Grant's Angaben über den Ukerewe und Tanganjikasee, Bake's Untersuchungen über den Mwutansee, sie alle ließen nur annähernd eine richtige Vorstellung der

---

*) Dr. David Livingstone begann auf Moffat's Missionsstation Kuruman im Lande der Betschuanen in Südafrika im Jahre 1840 seine Laufbahn als Missionär und Forscher.

hydrographischen Verhältnisse in diesem Theile Centralafrika's zu, es galt hier also eine Entscheidung zu treffen, ob die beiden letzteren Seen unter einander in directer Verbindung standen, ob der Tanganjikasee einen Ausfluß habe, und wie weit er sich nach Nord und Süd erstrecke; die dunklen Nachrichten des Portugiesen Lacerda und der Pombeiros über den Bemba- und Moerosee mußten durch augenscheinliche Forschungen einen reelleren Boden erhalten, es mußte constatirt werden, welchem Flußsystem diese Seen tributär seien, mit einem Worte, es mußten erst die allgemeinsten geographischen Grundzüge Centralafrika's im Westen und Südwesten des Tanganjikasees festgestellt werden. Wie wir daraus entnehmen können, eine Arbeit, die eines Livingstone würdig, aber auch seiner Ausdauer, seiner Kraft und seiner Erfahrung bedurfte.

Die Wasserscheide Ende 1866 überschreitend, durchzieht er die Länder Lobisa und Lobemba, übersteigt das Urungugebirge, die Wasserscheide zwischen dem Bemba und Tanganjikasee und erreicht durch die Länder der Mazitu (Mambwe) und durch Urungu das Südende des Tanganjikasees, von den Eingebornen hier Liembasee genannt. Von daselbst sich nach Westen wendend, die Länder Itawa und Kabuire, das Sanja-Gebirge durchziehend, sieht er sich zu Ende des Jahres 1867 an den Ufern eines großen Sees (Moero okata), dessen Ausfluß er Webb's Lualaba nennt. Am Ostufer des Sees entlang betritt er das Gebiet von Lunda und in ihm Cazembe's Residenz. Nach längerem Aufenthalte eilt er nach dem Bembasee, dessen Nordufer er theilweise erforscht, und beschifft den See bis zur Insel M'pabala, auf einer östlicheren Route dringt er wieder nach Norden zurück und zieht durch das Land der Babemba über das Kakomagebirge im Nordosten des Moerosees in gerader Linie zum Tanganjikasee, dessen Ufer er bei der Mündung seines Zuflusses Lofuku an der Westküste am 14. Februar 1869 erreicht. In einem Boote folgt er dem Westufer nach Norden; tief in seiner Gesundheit geschädigt und oft bei Nacht schiffend, übersieht er, bevor er die Kasenge-Insel (bekannt durch die Reise Burton's und Speke's) erreicht, den einzigen Ausfluß des Sees, den Lukuga, deſſen Entdeckung ſeinem Nachfolger Cameron vorbehalten blieb. Dieſes Verſäumniß hatte zur Folge, daß Livingſtone den See als ein geſchloſſenes Becken, das wohl zahlloſe Zuflüſſe, aber keinen Abfluß habe, darſtellte, nachdem er ſich erſt ſpäter über= zeugte, daß auch im Norden der See keine Verbindung mit dem Nilſyſtem habe.

Ueber den Tanganjikaſee nach der Oſtküſte ſchiffend, eilt er, an Körper und Geiſt durch die Anſtrengungen der faſt drei= jährigen Reiſe herabgeſtimmt nach dem Karawanenknotenpunkte Ubſchidſchi in der Hoffnung, Vorräthe zu ſeiner Stärkung, Mittel zur weiteren Ausrüſtung und Briefe aus Europa zu finden; nur zum Theile ſind ſeine Erwartungen erfüllt. Nach viermonatlicher Ruhe, während welcher er den Entſchluß gefaßt hat, nach Weſten zur Erforſchung des Lualaba vorzugehen, bricht er auch im Juli 1869 auf, um durch die gebirgigen Landſchaften im Weſten des Tanganjikaſees Guha, Kitwa, dem Laufe des Lo= bumba=Luamo (Nebenfluß des Lualaba) theilweiſe folgend, das Land der Bambarre zu erreichen, in deſſen gleichnamiger Hauptſtadt, der Reſidenz Moeneku's, er wiederholt von ſeinen Streifzügen im Manjuemalande ausruht. Zum erſten Male in ſeinem, an Er= fahrungen reichen Leben als Afrikareiſender trifft er in Man= juema Kannibalen an; auf ſeinem Zuge in die nördlichen Ge= biete Manjuemas und bei ſeinem Beſuche des großen inner= afrikaniſchen Marktplatzes Njaugwe am rechten Ufer des maje= ſtätiſchen Lualabafluſſes (2800 Meter breit), iſt er wiederholt Zeuge entſetzlicher Scenen, hervorgerufen durch den grauſamen Uebermuth der arabiſchen Händler der Zanzibarküſte. Große Pläne beſchäftigen ſeinen Geiſt, er hört von einem großen inſelreichen See im Süden, nördlich des Moeroſees, den der Lualaba von Oſt nach Weſt durchſtrömen ſoll (dem Kamolondo= oder Luiſee). Die Nachricht von den Troglodytenhöhlen von Mita im Urualande, und von den reichen Kupferminen von Katanga im Süden von Urua, Alles dies regt ſeinen Forſchungsdrang an, doch die Ausführung ſcheitert an Schwierigkeiten und an der körperlichen Schwäche, die ihn im Herbſte 1871 wieder nach Ubſchidſchi führt. Hier, wenige Tage nach ſeiner Ankunft

begegnet er nach 6jähriger Isolirung in den Wildnissen Centralafrika's einem Stammesgenossen, dem Amerikaner Stanley.

Seit mehr als 4 Jahren hatte man in England keine
Nachrichten über Livingstone erhalten, und in Folge dessen war
man allenthalben um sein Schicksal besorgt, von 34 Briefen,
die er seit seinem Aufenthalte in Cazembe's Stadt geschrieben,
hatte keiner sein Ziel erreicht. Eine Mission, an welcher sich
der Sohn Livingstone's betheiligte, wurde zu Beginn des Jahres
1872 nach der Zanzibarküste entsendet, mit der Bestimmung,
den vermißten Forscher aufzusuchen; mißliche Verhältnisse aber
machten die Mission scheitern und sie erreichte nicht das Innere
Afrika's. Glücklicherweise sollte ein rein individuelles Unternehmen, dem Geiste eines hervorragenden Vertreters der ameri-
kanischen Tagespresse, des Herausgebers des „New-York Herald"
I. G. Bennett entsprungen, den bangen Zweifel über Livingstone's
Schicksal zerstreuen. Im Bestreben, die Aufgabe einer Zeitung
(ein richtiges „news-paper" zu sein) in wahrhaft großartiger
Weise aufzufassen, entsendet dieser Mann den kühnen, ener-
gischen, umsichtigen und in seltener Weise glücklichen Reporter seines Blattes H. M. Stanley, zur Aufsuchung Livingstone's nach Centralafrika. Stanley, auf das Vollständigste aus-
gerüstet, beweist sich auch als der geeignete Mann; seine Mission
ist glänzend durchgeführt, am 28. October 1871 liegt der
Spiegel des Tanganjika vor ihm, und der Erste, der ihm begegnet, ist Livingstone. Es mochten wohl eigenthümliche Gefühle
gewesen sein, die dieses Zusammentreffen im Herzen Afrikas
in der Brust Beider hervorgerufen!

In Gemeinschaft mit Stanley erforscht Livingstone den
nördlichen Theil des Tanganjika zu Lande bis zur Mündung
des Rusizi am Nordende des Sees, nahe dem 3.° südlicher
Breite, und constatirt seinen Abschluß durch hohes Land, zu
beiden Seiten, insbesondere am Westufer fällt das Gebirge in
steilen Wänden zum See ab. Das westliche, im 2100 Meter
hohen Sumburuja-Pic culminirende Gebirge bewohnen die Kannibalen Babembe; Ende 1871 kehren Beide nach Udschidschi zurück.
Nach kurzer Ueberlegung, ob er dem Drängen seiner Freunde

und Stanley's, in Europa Erholung zu suchen, nachgeben oder sich der Fortsetzung seines ruhmvollen Werkes widmen solle, entschließt er sich für das Letztere, ohne zu ahnen, daß er lebend seine Heimat nicht mehr sehen würde.

Mit Stanley einen Theil des Ostufers des Tanganjika südlich von Udschidschi erforschend, reist Livingstone 1872 mit dem kühnen Reporter nach Unjanjembe respective nach Kaseh, um seine Ausrüstung zu vervollständigen, und kehrt nach kurzem Aufenthalte daselbst noch im selben Jahre zum Tanganjikasee zurück, um seine letzte Reise zu vollbringen, während Stanley nach Europa, zurückkehrt, um alle Zweifel zu lösen und die frohe Kunde seiner Auffindung zu verbreiten. Bergauf, bergab zieht er von Tumbulu zu Lande längs des Ostufers des Tanganjikasees durch das Land Fipa, und um das Südende des Sees (dort Liembasee genannt), betritt er wieder seine Route vom Jahre 1867, trennt sich aber im Baulungulande von derselben und zieht gegen Westen, gegen Lunda. Das Urungugebirge zum vierten Male überschreitend, findet ihn das Jahr 1873 im Mukululande und am 21. Jänner betritt er die, einem wassergefüllten Schwamme gleichenden Sumpfniederungen am Nordufer des Bembasees; unter strömendem Regen, der kein Ende nehmen will, da die Regenzeit eingebrochen, zieht Livingstone immer in dieser unabsehbaren Sumpfregion längs des Ostufers des Bembasees nach Süden. Täglich schwächer werdend, von Dysenterie und Fieber gepeinigt, tagelang ohne trockene Ruhestätte, ist er in Tschitambos, Stadt im Süden des Bembasees, außer Stande weiterzuziehen; in den Morgenstunden des 1. Mai 1873, während 6700 Kilometer weit im Norden unsere Großstadt Wien die Pforten für den internationalen Wettkampf auf geistigem und gewerblichem Gebiete öffnet, haucht ein in seiner selbstaufopfernden Größe bewunderungswürdiger Diener der Wissenschaft, der Civilisation und Humanität seine Seele aus. Der Treue seiner schwarzen Diener danken wir es, daß seine sterblichen Ueberreste unter unsäglichen Mühsalen aus dem Herzen Afrika's nach der Küste und Europa gebracht wurden, um in heimatlicher Erde die letzte Ruhestätte zu finden. Die

Schickfale des Leichentransports sind durch das Tagebuch seines Dieners J. Wainwright wohl Allen bekannt. Noch in den letzten Monaten seiner rühmlichen Thätigkeit wurde das Ausbleiben jeder weiteren Nachricht seit seiner Begegnung mit Stanley zur Veranlassung der Aussendung zweier neuer Aufsuchungs-Expeditionen, deren epochemachende Resultate wir noch in der Folge kennen lernen werden.

Wir müssen nun von Livingstone uns trennen und nach den Gebieten nördlich der Region der großen äquatorialen Seen uns wenden, wo mit dem Jahre 1868 eine neue Aera erfolgreicher Forschungsreisen begonnen hat. Der deutsche Botaniker und Forschungsreisende Dr. Georg Schweinfurth, durch seine 1863 unternommenen Reisen in Egypten und Nubien kein Neuling auf afrikanischem Boden mehr, unternimmt 1868 eine Reise in das Innere, deren Resultate für die Erweiterung unserer Kenntnisse Centralafrika's im Norden und Nordwesten der äquatorialen Seenregion epochemachend sind. Unter dem Schutze Chartumer Elfenbeinhändler, besonders eines sichern Mohammed Abd ul Sammat und Ghattas, durchzog Schweinfurth, dem Laufe des Bahr el Ghasal folgend, weiterhin das Land der Dinkaneger bis zu einer der zahlreichen Seriben (befestigten Niederlassung) Ghattas und unternahm von hier Streifzüge in das Land der Mittuneger und Bongostämme, das ganze Territorium zwischen dem 8. und 5. Breitegrad und innerhalb der Nilzuflüsse Djur und Rohl erforschend; sein Hauptzug galt jedoch dem durch Petherick und Poncet erkundeten Mombuttulande. Die Wasserscheide zwischen dem atlantischen Ocean und mittelländischen Meere in circa 4° n. Br. überschreitend, steht er am Ufer eines breiten, nach Westen fließenden Stroms, des Uëlle, der nicht mehr zum Nil gehörig, seine Wässer nach des Reisenden Ansicht in das Caspimeer Inner-Afrika's, in den Tschadsee, ergießt, und erreicht, nachdem er schon vorher das Territorium der Niam-Niam (Vielfresser) oder Sandeh, speciell die Länder der Kannibalen-Stämme Babuckur und A-Banga durchforscht, die Residenz des Königs der Mombuttu — Munsa. Schweinfurth findet hier ein auf relativ hoher Culturstufe stehendes centralafrikanisches Volk, welches in ethnographischer Hinsicht sich streng von den östlicheren und nördlicheren Negerstämmen trennt und trotz der Cultur die als Kannibalen berüchtigten Niam-Niam im Genusse von Menschen-fleisch überbietet. In Munsa's Stadt ist es auch, wo der Reisende zum ersten Male sich von der schon im Alterthume als Märchen verbreiteten Existenz eines Zwergvolkes der Akka oder Tikki-tikki überzeugt, und einen männlichen Akka sogar adoptirt und mit sich führt.

Mit der Erreichung von Munsa's Residenz hatte der Reisende ein Gebiet betreten, das vor ihm kein Europäer ge-sehen, seine hier eingezogenen Erkundigungen reichen bis zu den blauen Bergen im Westen des Mwutan, die Baker 1864 am Horizonte erblickt, und füllen eine bedeutende bisher be-standene Lücke aus. Auf dem Rückwege von dieser kühnen Expedition entdeckte er die Quelle des Bahr Djur auf dem 1220 Meter hohen Gebel Baginse und in der Seriba Ghattas wieder angelangt, wo er das Unglück hat durch den Brand derselben den größten Theil seiner werthvollen, mühevoll ge-sammelten Aufzeichnungen und seine Sammlungen zu verlieren, dringt er 1871 nach Westen durch die Länder der Bongo, Golo, Sehre u. s. w. bis zu dem Zuflusse Biri des Bahr el Arab, auch hier ein bisher größtentheils terra incognita gebliebenes Gebiet der Forschung erschließend.

Zur selben Zeit finden wir auch den österreichischen Forschungsreisenden E. Marno, ebenfalls kein Fremdling in Afrika, nachdem er schon 1866—1867 die Westküste des rothen Meeres besucht, im Jahre 1870—1873 im nordöstlichen Theile Centralafrika's thätig. Er erforscht Hochsennaar und Dar Bertat bis Fadasi und gelangt damit in die Nähe der Gants-Gallastämme, im Jahre 1872 erschließt er die Sumpf-Gebiete zu beiden Seiten des Bahr Seraf (einer Verbindung des Bahr el Gebel mit dem weißen Nil) bewohnt von den Nuehrstämmen.

Von Kuka am Tschadsee, das von dem rühmlichst be-kannten deutschen Afrika-Reisenden Gerhard Rohlfs auf seiner

Reise 1865—1867 von Tripolis quer durch Afrika nach Lagos am Golf von Guinea berührt wurde, dringt 1872 Dr. Nachtigal, früher Leibarzt des Bey von Tunis, ein deutscher Forscher, am Schari aufwärts und erreicht Gundi am Ba-Ali, einem Nebenarm des Schari unter 9° n. Br. Er betritt damit die Heidenländer des südlichen Baghirmi, im nördlichen Theile Centralafrika's, Gebiete, die vor ihm fast unbekannt waren.

In der Sumpfregion des oberen Nil bis zu den Negerländern im Norden des Ukerewe vollzogen sich 1870—1873 wichtige Ereignisse, die, wenn sie auch nicht den erwünschten Erfolg für die Erweiterung der geographischen Kenntnisse und für die vom Vicekönig von Egypten beabsichtigte Unterdrückung des Sklavenhandels hatten, dennoch nicht übergangen werden können, da sie die Vorläufer der gegenwärtigen, mit mehr Erfolg auftretenden Unternehmungen zu diesem doppelten Zwecke sind.

Das Vordringen der Egyptier in die oberen Nilgebiete seit Mehemed Ali hatte nebst der Erforschung dieser Länder den Negerstämmen aber auch die größte Geißel, den Menschenraub gebracht, dessen Gräuel im Laufe der Jahre alle Vorstellungen überstieg. Sir Samuel Baker, der 1862 nach der Begegnung mit Speke in Gondokoro den Mwutan entdeckt, hatte auf seinen Streifzügen in den Jahren 1863—1864, auf welchen ihn bekanntlich seine Frau begleitete, alle diese entsetzlichen Scenen des Sklavenraubs — und Handels kennen gelernt, sie reiften in ihm den Entschluß, diesen entsetzlichen Zuständen ein Ende zu machen. Der Khedive von Egypten ernannte ihn zum Pascha und gab ihm zur Ausführung seiner großen Pläne eine kleine Armee. Kaum in Gondokoro angelangt, wird er in einen nahezu ununterbrochenen Kampf mit den Eingeborenen, die von den Sklavenhändlern zum Aufstande aufgereizt waren, verwickelt, insbesondere waren es die Barineger und der König von Unjoro, Kabarega, der die täglich mehr und mehr zusammenschmelzende Armee Baker's nicht zur Ruhe kommen ließ. Auf seinen Kriegszügen erreichte er Masindi, die Residenz des Königs von Unioro. Wohl hatten diese Kriegszüge zur Folge, daß der Sklavenhandel in etwas abnahm und daß Egypten seine Herrschaft nach Süden ausdehnte, doch war auch der Preis ein außergewöhnlicher, der Untergang von Tausenden und aber Tausenden der Bewohner des eroberten Gebietes und für Egypten eine Summe von 26 Millionen Francs kosten. Das gewaltsame Vorgehen Baker's fand jedoch nicht den Beifall des Khedive, und hatte zur Folge, daß derselbe 1874 den Colonel Gordon zum Nachfolger Baker's ernannte und ihn mit der Fortführung des Unternehmens, die Gebiete bis zu den äquatorialen Seen Centralafrika's Egypten botmäßig zu machen und die Unterdrückung des Sklavenhandels mit milderen Mitteln zu erreichen, betraute. Wenn wir heute nach den jüngsten Nachrichten die Errungenschaften Gordon's, der seither ebenfalls zum Pascha ernannt wurde, überblicken, so müssen wir gerechterweise anerkennen, daß das Unternehmen fortgeschritten ist. Wenn auch heute noch keine Dampfboote auf dem Ukerewe und Mwutan sich wiegen, ein Versuch, den schon Baker 1871—1873 angestellt, der aber an der Unmöglichkeit scheiterte, die Boote über die zahlreichen Stromschnellen zu bringen, so scheint dieser Zeitpunkt nicht mehr fern zu sein. In Bezug auf den ersten Theil der Aufgabe, das Egypten botmäßige Gebiet zu erweitern, ist zu constatiren, daß sich zur Stunde Egyptens Herrschaft bis zu den Ufern des Mwutan und mit Ausnahme des Ugandareichs, dessen König mit der eghptischen Regierung in freundschaftlichen Beziehungen steht, auch bis zu den Ufern des Ukerewe reicht, indem am Ausflusse des Sees (am Victoria-Nil, eigentlich der weiße Nil) und zu Urondogani feste Stationen errichtet wurden, und insbesondere der alte Feind Egyptens, der König von Unioro, Kabarega, seines Thrones verlustig wurde.

In geographischer Hinsicht sind die Resultate bisher nur bescheidene zu nennen, außer der Aufnahme des weißen Nil und der zahlreichen Stromschnellen bis Dufile und Faschora durch die Ingenieure Chippendall und Kemp, der Entdeckung eines kleineren Sees (Ibrahim-Pascha-See) durch Colonel Long, welcher 1874 April bis August von Ladó, dem Stabsorte Colonel Gordon's, eine Reise zum König Mtesa von Uganda unternahm und auf der Rückreise bei Mruli im Lande Unioro von Kabarega's Leuten angefallen wurde, aber sich glücklich durchschlug, und einer dritten Excursion nach den Makrakabergen im Westen des weißen Nil unter 5° n. Br., an welcher außer dem Colonel Long auch der österreichische Afrikareisende E. Marno, der von Gordon Pascha zur Theilnahme an dem Unternehmen eingeladen war, sich betheiligte, ist für die Erweiterung der Kenntnisse nicht viel geschehen. Im Februar bis Juni 1875 wiederholte Ernst Linant de Bellefonds die Reise Colonel Long's zum Könige Mtesa, fand daselbst die gastlichste Aufnahme und trifft hier Stanley, mit dem er einige Tage zubrachte, wurde auf der Rückkehr ebenfalls von den Leuten des Königs Kabarega erfolglos angegriffen und beinahe schon im Bereiche der befestigten Station Mugi von den Barinegern mit 40 seiner Leute getödtet. Ein genaues Itinerar seiner Reise und zahlreiche Aufzeichnungen über Land und Leute bereichern wesentlich unsere Kenntnisse über die durchreisten Gebiete von Unioro und Uganda, insbesondere über die Bevölkerung und den König von Uganda. Linant de Bellefonds hält Uganda als den besten Ausgangspunkt für die Verbreitung der Civilisation und Cultur in Centralafrika.

Durch die Anlage einer Reihe von befestigten Stationen am weißen Nil und in den Gebieten zu beiden Seiten des Flusses bis zu den beiden Seen Mwutan und Ukerewe und weiterhin am Sobat, hofft Gordon Pascha das Land dauernd der Herrschaft Egyptens zu erhalten und jenen Zustand der Ruhe und Ordnung herzustellen, welcher für die gedeihliche Entwicklung der civilisatorischen Mission nothwendig ist; dann, wenn dem Handel und der Forschung die Sicherheit ihrer Bewegungen geboten sein wird, eröffnet sich auch der geographischen Erforschung ein unermeßliches Feld, dessen Bestellung die Aufgabe unseres Jahrhunderts sein wird. Wir wollen und können hoffen, daß wir am Schlusse des Jahrhunderts Centralafrika als der Wissenschaft und auch den Culturbestrebungen unserer Zeit als erschlossen betrachten können. Im Verlaufe des nächsten Jahres dürfte das Dampfboot, ein Product europäischen

Erfindungsgeistes, den jungfräulichen Spiegel der beiden äqua=
torialen Seen Centralafrika's durchfurchen.

Wir müssen uns nun wieder südlich des Aequators wenden,
wo Lieutenant Cameron das Werk Livingstone's weitergeführt
und eine der wichtigsten Fragen afrikanischer Geographie der
Lösung nahegebracht hat, wir meinen die Congo=Lualaba=Frage,
und der energische, vom Glücke begünstigte Stanley seine zweite
Reise ins Herz des äthiopischen Erdtheils unternommen.

Seit Stanley's Rückkehr von der Begegnung Living=
stone's zu Udschidschi 1871—1872 waren im Jahre 1873
schon wieder zwei Jahre vergangen, ohne daß man vom weiteren
Schicksal des großen Afrikareisenden in Europa Nachricht ge=
habt hätte. Die geographische Gesellschaft in London beschloß
daher, neuerdings zwei Expeditionen zu seiner Aufsuchung und
zu geographischen Forschungen in das Innere Afrika's zu ent=
senden, und zwar sollte eine Expedition von der Westküste
Afrika's respective der Angolaküste gegen Osten in das Innere
vordringen; zur Führung derselben war der Marineofficier
Grandy ausersehen. Leider konnte die Expedition die unüber=
windlichen Hindernisse und Schwierigkeiten (hinsichtlich des großen
Mangels an Trägern) nach ihrem Eintreffen in Loanda nicht
besiegen und scheiterte mithin. Die zweite Expedition, mit der
Aufgabe von der Zanzibarküste nach Westen vorzugehen, war
glücklicher. Durch Sir Bartle Frere, der von der englischen
Regierung zur Abschließung von Verträgen zur Aufhebung des
Sklavenhandels nach Zanzibar entsendet wurde, organisirt und
unter der Leitung des britischen Seeofficiers Lieutenant Verney=
Lowett Cameron, eines Mannes, der sich durch seine wissen=
schaftliche Ausbildung und die Kenntniß der Suahelisprache
besonders zur Führung eignete, stehend, war sie glücklicher
in der Besiegung der zahllosen Schwierigkeiten, unter welchen
auch alle seine Vorgänger zu leiden hatten. In Zanzibar schloß
sich dem den offiziellen Namen Livingstone East-coast Expedition tragenden Unternehmen der Marine=Arzt Dillon, der
Artillerie=Lieutenant Cecil Murphy und Moffat, ein Neffe
Livingstone's an. Der unerbittliche Feind aller afrikanischen

Reisenden, das ungesunde Klima, raffte schon am halben Weg zum Tanganjikasee den Neffen Livingstone's dahin; am 4. August erreichen Cameron und seine Gefährten Kaseh, und erfahren hier den Anzug der Diener Livingstone's mit der Leiche ihres Herrn.

Damit war der erste Theil ihrer Mission erledigt, und deshalb kehren Dillon und Murphy, die vom Klima heftig zu leiden haben, mit der Leiche zur Küste zurück.

Schon wenige Tage nach der Trennung nimmt sich Dr. Dillon im Fieberdelirium selbst das Leben und auch Lt. Murphy leidet in hohem Grade an den Folgen der Strapazen. Unterdessen war Cameron von Kaseh nach Westen aufgebrochen und erreicht auf einem neuen Wege den Sammelplatz der Karawanen, Udschidschi am Tanganjikasee am 2. Februar 1874. Nachdem er eine dort aufgefundene Karte Livingstone's nach der Küste zur Weiterbeförderung abschickt und die geographische Lage des Ortes, als auch die Höhe des Sees so genau als möglich bestimmt, erforscht er zu Boot den ganzen südlichen Theil des Tanganjikasees, immer der Küste folgend. Diese, die Energie, Befähigung und den Eifer Cameron's ins beste Licht stellende That trägt aber auch ihren Lohn; außer einer großen Anzahl größerer und kleinerer Zuflüsse (96) entdeckt Cameron am 3. Mai 1874 an der Westseite des Sees durch Pflanzenbarren verdeckt, den einzigen Ausfluß des Sees — den Lukuga und constatirte dessen Abfluß zum Lualaba Livingstone's. Damit waren alle Zweifel über die Frage, ob der Tanganjika zum Nil oder zum Zambesi gehöre, oder ob er ein geschlossenes Becken sei, gelöst, und wenn Cameron auch nicht so glücklich war, dem Lualaba unausgesetzt nach Westen zu folgen und seine Identität mit dem Congo augenscheinlich zu beweisen, so sprechen alle physikalischen Verhältnisse dafür und weisen alle von Cameron darüber erkundigten Angaben, welche die größte Uebereinstimmung zeigen, darauf hin. Nachdem Cameron Udschidschi verlassen, wandte er sich nach Westen mit der Absicht, dem Lualaba bis an's Meer zu folgen. Auf nahe demselben Wege wie Livingstone erreicht er durch die gebirgigen Landschaften

Uguhha und Manjuema den großen Markt Njangwe am Lualaba. Sein Streben, von hier nach dem erkundigten See Sankorra, durch welchen der Lualaba fließen soll, zu bringen, scheitert an der verweigerten Erlaubniß des eingebornen Königs von Urua, Kasongo, den See zu besuchen. In Begleitung von Leuten des Elfenbeinhändlers Tipo-Tipo war Cameron von Njangwe durch das Land Urua (eines der größten Reiche in Centralafrika), durch ein hügeliges und reichbewässertes Land nach Kilemba, der Hauptstadt Urua's und dem Sitz Kajongo's gelangt und fand hier bei dem arabischen Händler Jumah Merikani gastfreundliche Aufnahme. Während eines längeren, durch die Abwesenheit des Königs bedingten Aufenthaltes daselbst besuchte er den Mohrja-See im Norden von Kilemba und den großen Kassali-See im Süden der Stadt.

Hier erfährt er auch, daß der Kamolondosee Livingstone's, in welchen sich aus Süden der aus dem Moerosee kommende Lualaba (nach Cameron Luvwa) ergießt, Landschisee heiße, und daß der Lualaba kurz vor seiner Mündung in diesen See aus Südwesten den Kamorondo als Zufluß erhalte, welcher Fluß selbst wieder eine Reihe von Seen, darunter den Lohemba- und Kassalisee durchfließt. Vor seiner Mündung in den Sankorrasee erhält der Lualaba (bei den Arabern Ugarrowwa genannt) auf dem linken Ufer noch den bedeutenden Lomâmi als Zufluß, der selbst wieder aus dem den Ikisee bildenden Lubiransi und Luwembi und dem eigentlichen Lomâmi gebildet wird. Die Quellen dieser drei letzteren hatte Cameron Gelegenheit auf seiner Weiterreise nach SSW. zu erforschen.

In Kilemba wird Cameron von Seite des Jose Ant. Alviz, eines schwarzen Elfenbeinhändlers aus Bihe, die Begleitung nach Benguela angeboten, und da Cameron keine Aussicht hatte, nach dem Sankorrasee gehen zu können, so nahm er das Anerbieten des Alviz an. Unter vielerlei nichtigen Vorwänden verzögerte sich der Weitermarsch zur Küste, so daß Cameron, nachdem er Ende Februar 1875 Kilemba verlassen, erst am 7. November 1875 die Küste des atlantischen Oceans bei Katumbella erreichte, und mithin den Continent von Ost nach

Weſt durchzogen hatte. Von Kilemba aus führte ihn der Weg
durch die Länder Uſſambi, Ulunda, Lovale und Kebokwe nach
Benguela. Von Kisenga im Lande Ulunda bis Peho in Kebokwe
führte ihn sein Weg größtentheils auf der Waſſerſcheide zwiſchen
Congo und Zambeſi und nur einige Meilen nördlich des 1853
von Livingſtone entdeckten Dilolosees, während nördlich ſeiner
Route die zahlreichen Quellflüſſe des Kaſſabi (durch L. Magyar's
Reiſen näher bekannt) liegen. Die Reſultate dieſer epochemachenden Forſchungsreiſe ſind denn auch ſehr werthvolle; außer
einer genauen Kenntniß des Tanganjikaſees und des ganzen
hydrographiſchen Netzes im Weſten deſſelben hat Cameron über
500 aſtronomiſche Poſitionsbeſtimmungen und bei 3800 Höhen-
meſſungen vorgenommen, beide geſtatten eine ſichere Poſitions-
beſtimmung und Vorſtellung der Bodengeſtaltung quer durch den
Continent, ſie liefern eine verläßliche Baſis für die kartographiſche
Darſtellung des ganzen ſüdlichen Erdtheils. Seine übrigen Aufzeichnungen und Sammlungen bereichern die Kenntniſſe über
die Flora, Fauna und über die Ethnographie Centralafrika's in
großartiger Weiſe.

Kaum zwei Jahre nachdem Stanley durch die Auffindung
Livingſtone's die Welt in Erſtaunen geſetzt, unternimmt er 1874
von Neuem auf Koſten des „New-York Herald" und des Londoner
„Daily-Telegraph" eine zweite, aber in größerem Styl angelegte
Forſchungsreiſe nach Centralafrika. Von mehreren europäiſchen
Dienern begleitet, mit Waaren und Reiſeutenſilien vollſtändig aus-
gerüſtet, im Beſitze eines großen zerlegbaren Segelbootes (der „Lady
Alice") in aſtronomiſchen und meteorologiſchen Beobachtungen und
Meſſungen eingeübt, tritt Stanley im November 1874 von Bago-
moyo mit mehr als 300 Soldaten und Trägern ſeine Reiſe
an. Bis in das Land Ugogo verfolgt er ſeine erſte Route im
Jahre 1871, dann aber wendet er ſich nach Nordweſten durch
unerforſchte und unbekannte Länder wie Urimi, Iramba und
Uſukuma und ſteht nach 103 Tagen bewegteſter Natur, reich
an Erlebniſſen ungewöhnlicher Art und ſelbſt aufreibenden
Kämpfen mit den wilden Stämmen, am 27. Februar 1875
vor dem Ukerewesee, den 17 Jahre vorher, am 31. Juli 1858

Capt. Speke entdeckt. Schon am 8. März, nachdem sein Segel=
boot in Stand gesetzt ist, unternimmt er von Kagehji aus, dessen
Lage er astronomisch bestimmt, die Rundfahrt um den See und
constatirt ein reichgegliedertes Ufer voll Buchten und Vor=
gebirgen, den See selbst bedeckt mit mehreren großen Inseln
wie Ukara, Ukerewe, Ugingo, Sasse, Ujuma, Bumbireh u. s. w.
Eine große Zahl von Zuflüssen ergießen sich an der West= und
Ostseite in den See. Im April 1875 erreicht er Mtesa's
Residenz und trifft hier mit Ernst Linant de Bellefonds zu=
sammen, dem er seine zahlreichen Erlebnisse berichtet; von der
Flotte des Königs und dem Admiral der Flotte begleitet, steuert
er auf der „Lady Alice" am 14. April nach Usavara und zwischen
der Westküste und der Insel Sasse, längs der buchtenreichen
Küste nach Süden, um am 5. Mai wieder in Kagehji einzu=
treffen. Seine Aufzeichnungen über den See bestätigen in
glänzender Weise die lange Zeit bezweifelten Angaben Speke's.
Vom größten Theil seiner Leute verlassen, allein unter wilden
Völkern, da seine europäischen Begleiter sämmtlich auf der
Reise zum Ukerewesee dem Klima erlagen, wendet er sich nach
Westen, um den zweiten See, den Mwutan, zu erforschen. Seit=
her sind über sein Schicksal keine weiteren Nachrichten einge=
laufen. Wir wollen hoffen, daß sein Muth, sein Eifer durch
ein volles Gelingen seiner Mission belohnt werde.

Die im Jahre 1873 in Berlin in's Leben getretene
deutsche afrikanische Gesellschaft hatte die äquatoriale West=
küste Afrika's zur Operationsbasis für eine Reihe von Expe=
ditionen zur Erforschung des unbekannten Gebietes östlich dieser
Küste bis zu den äquatorialen Seen ausersehen, und schon im
Mai 1873 geht Dr. Güßfeldt als Leiter der ersten Expedition
nach der Loangoküste ab, wo er nach seinem Eintreffen zu Chinchoxo
eine Centralstation errichtet, welche den einzelnen Expeditionen
als Sammelpunkt dienen soll. Bald folgen ihm der Major
Homeyer, Dr. Pechuel=Loesche und Dr. Falkenstein,
der Botaniker Soyaux und von Oesterreich der Geologe Dr.
Lenz und Lieutenant Lux, um an den verschiedenen Expeditionen
theilzunehmen, und zwar im Norden der Station Dr. Lenz auf

dem durch die Reisen Du Chaillu's, des Missionärs Walker und der französischen Reisenden Marquis de Compiegne und Marche näher bekannt gewordenen Ogowai, im Süden derselben, von Loanda aus, Lieutenant Lux und Dr. Pogge, um die Flüsse Quango und Kassabi zu erforschen und in der Folge weiter in das Innere von Centralafrika einzubringen, und die dritte Expedition, an der sich Dr. Pechuel-Loesche betheiligte, den Lauf des Quillu unter 4° südl. Breite landeinwärts zu verfolgen. So reich aber die Hoffnungen waren, die mit diesen Unternehmungen verknüpft waren, so traurige Enttäuschungen folgten ihnen; nicht daß die Mitglieder der Expedition es an Eifer, Umsicht und Mühe fehlen ließen, wesentlich die Ungunst des Fieberklimas und der schwer fühlbare Mangel an Trägern zum Vordringen in das Innere ließen die Expeditionen kaum zum Rande des inner-afrikanischen Hochlandes gelangen, nur im Norden scheint dem Geologen Dr. Lenz das Geschick günstiger zu sein, indem er auf dem Okandaflusse bis zu den kannibalischen Oscheba vordringen konnte. Im Süden kam Lieutenant Lux nicht über das von Livingstone überschrittene Mossambagebirge hinaus. Die Auflösung der Station schien unter solchen Umständen nahe, scheint aber nach den neuesten Nachrichten, welche mehr Erfolg versprechen, aufgeschoben worden zu sein. Zu gleicher Zeit, im Jänner bis März 1874, drangen die französischen Reisenden Marquis de Compiegne und Marche auf dem oberen Ogowai, dem Okanda bis zur Mündung des Jvindoflusses $10\tfrac{1}{2}°$ östlich v. Gr. vor, wo sie die Feindseligkeit der Kannibalenstämme und Krankheit zur Rückkehr zwang. Der Versuch wird aber gegenwärtig wieder vom französischen Seeofficier Brazza-Savorgnan wiederholt, doch sind wir noch ohne Nachrichten über den Erfolg oder das Mißlingen seiner Expedition.

Wir gelangen am Schlusse dieser geschichtlichen Skizze der Expeditionen und Reisen zur Erforschung Centralafrika's wieder nach Osten an die Küste. In den Jahren 1865 bis 1867 hatte der englische Missionär der Missionsstation Mombas, Wakefield und sein Reisegenosse New, von den arabischen Händlern und eingebornen Häuptlingen mehrere Karawanenrouten, welche von der Küste zum Oftufer des Ukerewefees führen, in Erfahrung gebracht und außerdem eine Fülle werthvoller Daten über die geographischen Verhältnisse des ganzen Zwischengebietes erhalten, insbesondere aber über die Existenz eines größeren Sees im Osten des Ukerewe, des Baringofees, aus welchem der Affua, ein Nebenfluß des weißen Nil, herausströmen soll; von nicht minderem Werthe sind die Nachrichten über die zahlreichen Gallaftämme dieses Gebietes.

Diese und andere durch den Bischof Maffaja von Schoa erkundigten Nachrichten, von Letzterem, welcher Vorstand der katholischen Miffion in dem südabeffinischen Reiche Schoa ist, über den Lauf des Godjeb, den manche Geographen als den eigentlichen Quellfluß des Nil halten, gaben die Veranlaffung, daß die italienische geographische Gefellschaft 1875 den Beschluß faßte, durch nationale Subscriptionen eine Expedition zur Erforschung der ausgedehnten, bisher faft unbekannten Gebiete im Nordosten und Osten des Ukerewe auszurüften. Die Expedition, zu deren Führer der durch feine Reisen im oberen Nilgebiete bekannte Marchese Antinori erwählt wurde, hat die Bestimmung, von Berberah am Golfe von Aden aus nach Ankober, der Hauptstadt Schoa's, und von diesem Centralpunkte aus nach dem Ukerewefee vorzudringen. Nach den bisher bekannten Nachrichten ist diese jüngste Expedition zur Erforschung Centralafrika's bereits in Berberah eingetroffen.

Wir haben damit nun den gegenwärtigen Standpunkt der Unternehmungen zur Erschließung des unbekannten Theiles von Centralafrika kennen gelernt und wollen es nunmehr versuchen, an der Hand des durch diese zahlreichen Expeditionen angehäuften geographischen Materials eine Skizze der erdkundlichen Verhältniffe Centralafrika's zu entwerfen.

Denken wir uns eine Linie von der Bai von Tabschura am rothen Meere durch das südliche Darfur und Wadai, den Tschadfee zur Mündung des Binue in den Niger gezogen, so ist damit annähernd richtig die Nordgrenze und durch eine Linie nördlich von der Mündung des Rovumafluffes in den indischen Ocean über das Nordende des Njaffasees, und das Südufer des

Bembasees nach Loanda an der portugiesischen Angolaküste des äquatorialen Westafrika, die Südgrenze Centralafrika's bezeichnet. Nach Westen und Osten hat die Natur durch die nahezu parallel zur Küste streichenden Randgebirge die Begrenzung dieses Erdstriches angegeben. Bei der größeren Längenausdehnung des nördlichen Theiles des afrikanischen Continents ist es selbstverständlich, daß einzelne Geographen die Nord- und Westgrenze des mit Centralafrika bezeichneten Gebietes nach den Richtungen Nord und West mehr ausdehnen, doch dürfen wir nicht außer Acht lassen, daß die Bodengestaltung auch hier uns sehr deutliche Anhaltspunkte gegeben hat, indem die große nordafrikanische Hochebene der Sahara von den Hochländern Centralafrika's durch eine deutlich ausgesprochene Depression des Landes getrennt ist, diese Depression aber durch die Sumpfgebiete des oberen Nil, die Tschadseeniederung bezeichnet ist. Weniger scharf läßt sich die Südgrenze verfolgen, obwohl auch hier die Wasserscheide zwischen dem atlantischen und indischen Ocean durch eine bedeutende Strecke hin die unverrückbare Grenze bezeichnet.

Seinen orographischen Verhältnissen nach ist Centralafrika von ziemlich einförmigem Charakter, ebenso wie der geologische Bau desselben, trotzdem sind bis zur Stunde die Vorstellungen über die Gliederung des Bodens in verticaler Richtung noch getheilt und schwankten im Verlaufe des laufenden Jahrhunderts von einem Extrem zum andern. Nach den Entdeckungsreisen Livingstone's und Stanley's, jenen von Burton, Speke und Grant, insbesondere aber durch die letzte großartige Reise Cameron's läßt sich Centralafrika im großen Ganzen als ausgesprochenes Hochland darstellen.

Ein Querschnitt durch Centralafrika von der Ostküste zur Westküste zeigt uns, daß der Ostrand des Hochlandes, dessen Ausdehnung auf der übrigen Erdoberfläche selbst in Asien kein Analogon findet, höher gelegen ist als der Westrand und weiterhin, daß der Ostabfall steiler geböscht ist als der Westabfall bei nahezu gleicher Breite der beiderseitigen Küstenebenen. Die Gestaltung des Hochlandes im Westen des Mwutansees

zwischen Schari und Lualaba-Congo, entzieht sich, da das Territorium noch völlig unbekannt ist, unserer Betrachtung. Der
übrige Theil des Hochlandes ist in zwei- und mehrfacher Terrassirung von beträchtlicher Breite den auf dieser Hochebene aufgesetzten Gebirgen vorgelagert.

Von Osten nach Westen fortschreitend, finden wir am
Ostrande des centralafrikanischen Hochlandes ein Erhebungssystem von 1800—2100 Meter Höhe, das vom 7.° südlicher
Breite bis zu den südabessinischen Gebirgen in nahezu meridionaler Richtung streicht und in den beiden großen Massen des
Kilima-Ndscharo (circa 5700 Meter hoch) und Kenia (circa
5000 Meter hoch), die uns durch die deutschen Missionäre
Krapf, Rebmann und Erhardt, später durch von der Decken und
in neuester Zeit durch den englischen Missionär Wakefield bekannt geworden sind, culminirt. Auf ihren Gipfeln mit ewigem
Schnee bedeckt, bilden sie die höchsten Erhebungen nicht
nur Centralafrika's, sondern des ganzen Erdtheils. Dieses
System bildet die Wasserscheide zwischen den zahlreichen Küsten-
flüssen, welche dem indischen Ocean zuströmen, und den östlichen
Quellflüssen des Nil. Nach Osten zu dem Hoch- und Flachlande der Uardai-Gallastämme übergehend, ist dem System im
Westen ein ausgedehntes Hochland vorgelagert, aus welchem die
isolirten Massen des circa 4480 Meter hohen Meroberges und
die 2200—3000 Meter hohen Gipfel Doengo-Erok, Doengo-
Ngai, Doengo-Sambu und Doengo-Mburu emporstreben. Westlich dieses von den Massai occupirten Hochlandes, ist bis auf
1148 Meter sich senkend der Ukerewesee und in nahezu gleicher
Höhenlage der Baringosee im Osten des ersteren eingebettet.
Steilufer von beträchtlicher Höhe umsäumen zum Theile diesen
größten der afrikanischen Seen.

Nach Nordwesten senkt sich das Hochland, auf dem noch
nördlich des Kenia die Gipfel Gundadi und Samburu aufragen,
zu dem Flachlande des unteren Sobat und der Sumpfregion
des Nil, während nördlich des Ukerewesees und östlich des
Victoria-Nil das 1200 Meter hohe und im Wabi-Pic (circa
2400 Meter hoch?) culminirende und ziemlich parallel zum

Affua-Nil verlaufende Madigebirge auf der 6—700 Meter hohen Hochlandsfläche aufgesetzt erscheint.

Im südlicheren Theile der ganzen Erhebungsrunde herrschen ähnliche Verhältnisse; verfolgen wir nämlich die gewöhnliche Route aller Karawanen und Forschungsreisenden von der Zanzibarküste zum Tanganjikasee, so treffen wir bis Zungomero in der Landschaft Khutu das bis 100 Meter ansteigende Küstenflachland, um schon in dem unmittelbar westlich gelegenen Usagara in das allmälig von 4—900 Meter Höhe steigende Hochland überzugehen, auf welchem Hügel von 3—400 Meter Höhe sich aufbauen. Bevor wir in die Landschaft Ugogo gelangen, müssen wir das vorerwähnte Gebirgssystem, hier Rubeho und Mpwapwa-Gebirge genannt, in einer Paßhöhe von 1700 Meter übersteigen. Westlich des Gebirgskammes behält das Hochland in den Landschaften Ujanfi und Unianjembe eine Höhe von 850—1300 Meter, welche in den nördlich bis zum Ukerewesee reichenden Ländern Usukuma und Usinfa noch bis 1500—1800 Meter steigt, während westlich von Kaseh oder Taboro das Land um 300 Meter abfällt, in den Landschaften am Ostufer des Tanganjikasees aber wieder um 300—600 Meter ansteigt. 300—460 Meter unter den hügelbesäeten Hochländern am Ostufer und 1000 Meter unter dem Kabogo- und Ubembegebirge des Westufers liegt in 826 Meter Seehöhe der Spiegel des Tanganjikasees, also 322 Meter tiefer als jener des Ukerewesees; die Depression des ganzen Hochlandes gegen den Tanganjikasee ist mithin deutlich ausgesprochen.

Als zweites großes Erhebungssystem zieht von dem nördlichen Theile des Ostufers und am Westufer des Tanganjikasees eine Reihe 1800—2300 Meter hoher Berge, welche sich im Massiv des Mfumbiro zu einer Höhe von circa 3050 Meter absoluter Höhe über dem Spiegel des indischen Oceans erheben. Von diesem 2 Breitegrade im Norden des Tanganjikasees liegenden Knotenpunkte streicht das System zwischen dem Ukerewe und Mwutansee im Kittaragebirge bis zu dem rechtwinkeligen Kniee des Somersetflusses; hier zeigt das Hochland von Unioro noch eine absolute Höhe von

1280 Meter. Nach Osten hin setzt sich das von Hügelreihen durch=
zogene Hochland in den Ländern Karagwe, Usinsa und der Watuta
in einer durchschnittlichen absoluten Erhebung von 1200 bis
1500 Meter fort. Nach Westen, respective Nordwesten hin erreicht
die Fortsetzung des Systems in den blauen Bergen Baker's,
im Lande Ulegga (oder nach dem Volksstamme, welcher sie be=
wohnt, die Berge von Balegga oder Malegga genannt) am
Westufer des Mwutansees die Höhe von ebenfalls 3000 Meter,
welche Höhe das Gebirge noch bis im Lande M'Karoli beibe=
hält. Am Ostufer des Sees hat das Kittaragebirge einen
steilen 460 Meter hohen Abfall, während jener der blauen
Berge nach den Angaben Baker's noch viel bedeutender sein
muß. Zwischen diesen hohen Plateaumassen liegt in nur
829 Meter Seehöhe der Mwutansee eingebettet. In drei= und
vierfacher Terrassirung flacht sich das Hochland im Westen
des Tanganjika= und Mwutansees zu den von den Flüssen
Lualaba und Congo durchströmten Flachländern, deren durch=
schnittliche absolute Erhebung zwischen 300 und 400 Meter
Seehöhe schwankt. Die einzelnen Züge dieses mächtigen central
gelegenen Erhebungssystems bilden die Wasserscheiden zwischen
Nil und Lualaba=Congo einerseits, und zwischen Nil und dem
indischen Ocean anderseits; während nämlich alle Quellen und
Flüßchen am Ostabfalle des Kabogo und Ubembegebirges in den
Tanganjikasee fallen, entsendet der Westabfall derselben Bergreihen
seine Gewässer zum Lualaba, das Hochland von Usinsa hingegen
bildet die Wasserscheide zwischen den Zuflüssen des Tangan=
jika und des Nil, respective des Ukerewesees, indem der
Malagarasi=Ukongo von diesem Hochlande nach Süden und
später Westen, der Kitangule aber nach Norden in den
Ukerewesee fließt. In derselben Weise bilden das Massiv des
M'fumbiro und die Berge von Ulegga die Wasserscheide zwischen
dem Nilbassin und dem Uëlle, dessen Unterlauf uns noch un=
bekannt, von Schweinfurth als der Schari (also dem Tschad=
seebecken tributär) aufgefaßt wird.

Als drittes großes Erhebungssystem finden wir im
Süden des Bembasees ausgedehnt in einem weiten Bogen

zwischen dem 19. und 35.° östl. Länge von Grw. ein Hochlands=
massiv von 12—1500 Meter Seehöhe, aus welchem Gipfel
von 1800—2100 Meter absoluter Höhe emporragen. In
seinem östlichen Theile, dem Plateau von Lobisa und dem
Muxingagebirge, erreicht das Hochland seine größte Höhe, näm=
lich 2000 Meter über dem indischen Ocean. In mehrfacher
Abstufung senkt sich dieses Hochlandsmassiv fächerartig zwischen
den einzelnen großen Zuflüssen des Lualaba=Congo allmälig
zur Höhe von 3—400 Meter herab; diese damit ausgesprochene
Depression des Bodens gegen den Congo ist aus der Höhen=
lage des Bemba= und Moerosees und der Seehöhe von
Njangwe am Lualaba im Lande der Manjuema, sowie aus der
Seehöhe des Kassalisees (durch Cameron entdeckt) ersichtlich.
Während der Spiegel des Bembasees unmittelbar im Norden
des Abfalls des Muxingagebirges eine Seehöhe von 1130 Meter
zeigt, liegt der Moerosee nur mehr 914, der Kassalisee im
Westen desselben (unter nahezu gleicher Breite gelegen) 533 und
der Lualaba bei Njangwe 427 Meter hoch. In ähnlicher Weise
fällt das Land vom centralen Theile des Lobisaplateaus (zwischen
9 und 11° südl. Breite gelegen) nach allen Richtungen, am
schnellsten nach Osten und Südosten zum Njassasee ab, so
zwar, daß die Differenz zwischen dem Spiegel des Njassasees
(464 Meter Seehöhe) und dem Plateau von Lobisa auf die
Entfernung von 120 und 150 Kilometer 1500 Meter beträgt.
Nach Westen und Nordwesten ist der Abfall des Landes nur
ein allmäliger, indem die Länder Lobemba, Uungu und Marungu
immer noch eine Seehöhe von 1500—1800 Meter besitzen,
und die Gipfel in dem auf der Hochlandsfläche aufgesetzten
Gebirgen, wie das Urungugebirge (zum Muxingagebirge parallel
laufend), das Kakoma= und Sanjagebirge im Lande Itawa,
das Ruagebirge im Lande Jramba und das Makonegebirge
zwischen den Flüssen Luapula und Lufira eine absolute
Höhe von 2100—2400 Meter erreichen. Als westlichstes
Glied dieses Erhebungssystems darf das Mossambagebirge
als Wasserscheide zwischen den beiden großen Nebenflüssen
des Congo, Kassabi und Quango, gelten. Die große Bedeutung

dieses dritten centralafrikanischen Erhebungsſyſtems liegt in der Thatſache, daß es in ſeiner ganzen Ausdehnung von circa 1500 Kilometer als Waſſerſcheide zwiſchen dem indiſchen und atlantiſchen Ocean fungirt. Während nach Süden und Oſten die zahlreichen Zuflüſſe und Quellflüſſe des Zambeſi und der beiden großen Küſtenſtröme der Oſtküſte, Lufidſchi und Rovuma, ihren Lauf nehmen, entſpringen die zahlloſen Quellflüſſe des Congoſyſtems am Nordabfalle dieſer Erhebung. Denken wir uns vom Becken des Tanganjikaſees etwa von Udſchidſchi einen Querſchnitt nach Weſten durch den Continent bis zur Angolaküſte, ſo würden wir finden, daß das Terrain von der Weſtküſte des Sees ſtetig fällt, bis es ſeinen tiefſten Punkt (nach dem Stande der gegenwärtigen Forſchungsreſultate) im Flachlande am Lualaba erreicht hat, dann aber allmälig in einer durch die zwiſchen den einzelnen linksſeitigen Zuflüſſen des Congo-Lualaba ſtreichenden Höhenzüge bedingten Wellenlinie gegen Weſten hin etwas ſteigt, um im Kamm des Moſſambagebirges zu culminiren und dann ziemlich raſch zur Weſtküſte abzufallen. Die durch die zahlreichen vom Lualaba (Kamorondo) durchſtrichenen Seen angezeigte Erhebungslücke repräſentirt die eigentliche, in meridionaler Richtung ſtreichende größte Depreſſion des Innern von Centralafrika, und gab Veranlaſſung, Centralafrika irrigerweiſe als eine von hohen Randgebirgen eingeſchloſſene rieſige Mulde aufzufaſſen.

Als nördliche Fortſetzung des zweiten Erhebungsſyſtems können die von einzelnen Hügelreihen von 300—400 Meter relativer Höhe durchzogenen Hochländer von Koſchi, Monbu und Mittu und in nordweſtlicher Richtung das Hochland der Mombuttu und Niam-Niam betrachtet werden; je weiter wir aber gegen die Sumpfniederungen des oberen Nil, insbeſondere des Bahr el Ghaſal, dringen, deſto geringer wird die durchſchnittliche abſolute Erhebung des Plateaus, dabei wird die Geſtaltung des Terrains nach Norden und Nordweſten immer einförmiger, ſo daß die Waſſerſcheide zwiſchen Uëlle und den zahlreichen Zuflüſſen des Nil im Gebiete des Bahr el Ghaſal durch keine auffallende Erhebung angedeutet wird. Unter den einzelnen Höhenzügen, welche dieſes Hochland durchziehen, iſt beſonders das Regogebirge hervorzuheben, mit dem Mtadigebirge am rechten Ufer des Nil bildet dieses die Längsseiten eines schiefwinkligen Parallelogramms, während andere, wie der Gebel Doré, die Makrakaberge, in meridionaler Richtung verlaufen. Die Abdachung des ganzen Hochlandes nach Norden zum Bahr el Ghasal wird am deutlichsten durch das Gefälle des Nil ausgesprochen, bei Dufile, der Station, wo die zur Beschiffung des Mwutans bestimmten Dampfer montirt werden sollen, noch in einer Seehöhe von 670 Meter, beträgt die Seehöhe des Nils zur Faschoda nur mehr 420 Meter, in Chartum 378 Meter. Vom weißen Nil nach Westen hin steigt das Terrain wieder an, so daß der Lauf des Pángo 703, der Oberlauf des Biri 846 Meter hoch liegt und man deutlich die Annäherung an das centrale Hochland erkennt. Nach Westen und Norden bilden im oberen Bahr el Ghasal=Gebiete die Hochebenen von Darfur und Wadai die Wasserscheide zwischen Nil und Tschadsee. Südwestlich und südlich vom Tschadseebecken, das in einer absoluten Höhe von 360 Meter liegt und das Erhebungssystem der Sahara vom centralafrikanischen trennt, steigt das Terrain wieder bis zur in 8^0 n. Br. verlaufenden Wasserscheide zwischen den Zuflüssen des Sees und den noch unbekannten Flüssen, welche theils dem Okanda, theils anderen unerforschten Binnenseen zuströmen. Bis zu welcher Höhe das Land sich dort erhebt, läßt sich nicht bestimmen, einzelne Berge, wie der Alantika, sollen die Höhe von 2400 Meter über dem Meere erreichen.

Unter dem Collectivnamen Serra (von den Portugiesen herrührend, und in seinen einzelnen Theilen Serra do Christol, Serra Compliba 2c. genannt) streichen 220—330 Kilometer östlich der Westküste des äquatorialen Centralafrika vom Camerungebirge im inneren Winkel des Guineabusens bis zur Mündung des Coanza eine Reihe von Erhebungen, welche den Westrand des innerafrikanischen Hochlandes bilden und im Allgemeinen zur Küste parallel laufen. Die Höhe dieses Randes nimmt von Süden gegen Norden ab und beträgt am Aequator in den vom Gabun und Ogowai durchbrochenen Theilen nur mehr 200—500 Meter, die einzelnen vorkommenden Gipfelhöhen

(Jgumbi Undele) erreichen immerhin noch Höhen von 1100 bis 1400 Meter über dem Meere. Im portugiesischen Angolagebiete durchbricht der Coanza die Randerhebung, weiter im Norden der Congo, bei dem Durchbruche zahlreiche Katarakte bildend, in der Folge unter dem Aequator der Ogowai-Okanda und Gabun. Als Wasserscheide trennt diese Erhebungsreihe, die kurzen Küstenflüsse von den Nebenflüssen des Congo (Quango) und von etwaigen nach Osten gegen das Innere zu führenden Flüssen, wie z. B. den Libafluß, der nach Kölle's Erkundigungen in den Libasee im Innern Centralafrika's sich ergießen soll.

In Bezug auf den geologischen Bau Centralafrika's berichten sämmtliche Forschungsreisende von Granit und Gneißmassen, von unzähligen Erhebungen von Sandsteinen, Thonschiefer und Quarzmassivs, wie dies besonders von Burton, Speke, Livingstone und Cameron vorgefunden wurde; diese geologische Formation spricht auch für ein sehr hohes Alter des ganzen Continents, und daß die Erhebungen dem Urgebirge angehören. Schweinfurth und Marno berichten von ausgedehnten Raseneisensteinbildungen, die im größten Theile des nördlichen Centralafrika, insbesondere im Bahr el Ghasal-Gebiete die mächtige Bodendecke bilden und derselben jenes eigenthümliche röthliche Aussehen verleihen.

Diese große Einförmigkeit im geologischen Bau des ausgedehnten Ländergebietes deutet darauf hin, daß seit der Zeit, als die Raseneisensteinbildung über den größten Theil Centralafrika's platzgegriffen hatte, alle Veränderung sich auf die große Wandelbarkeit der Wasserwege beschränkt haben muß.

Im Gegensatze zur Wasserarmuth des nordafrikanischen Wüstenplateaus zeigt Centralafrika, insbesondere das südäquatoriale, einen Wasserreichthum, wie ihn wenige andere Theile der Erdoberfläche besitzen. Die Quellen dreier großer Ströme liegen hier auf einem Flächenraum von circa 2,000.000 ☐ Kilom. beieinander; Centralafrika ist dadurch das Hauptwasserreservoir des ganzen Continents. Die große Masse der Gewässer nördlich des Aequators gehört dem Stromgebiet des Vaters Nil, zum kleineren Theile dem Stromgebiete des Uëlle, Schari, während südlich des Aequators die Hauptmasse aller stehenden und fließenden Gewässer dem Lualaba-Congo und am Südrande Centralafrika's dem Zambesi zuströmt. Das Stromgebiet des Ogowai ist uns gegenwärtig noch unerschlossen.

Wie wir schon in der geschichtlichen Entwicklung der Entdeckungen im oberen Nilgebiete gesehen haben, blieben die Erfahrungen der neronischen Centurionen 18 Jahrhunderte hindurch für die Geographie maßgebend, erst das fünfte Decennium des laufenden Jahrhunderts eröffnete das weite große Gebiet der Nilzuflüsse im Flachlande und im westlichen Berglande des Bahr el Ghasal der Kenntniß. Wenn wir auch heute das Quellgebiet des Nil im Allgemeinen kennen, so wird es doch noch einiger Forschungen bedürfen, um die Quellenfrage dem Stande der Wissenschaft entsprechend zu lösen. Auf dem Hochlande zwischen dem ersten und zweiten centralafrikanischen Erhebungssystem liegt eine Reihe großer Seen, die mit Ausnahme des Mwutans, dessen Zugehörigkeit zum Nilgebiet zweifelhaft ist, dem Nil tributär sind. Als größten unter diesen Quellseen des Nil kennen wir den von Speke entdeckten Ukerewe oder Victoria Nyanza, 1148 Meter über dem Meere gelegen, mit einem Areal von 84.000 ☐Kilometer inbegriffen der 4100 ☐Kilometer Fläche besitzenden Inseln (also größer als Bayern und Salzburg zusammengenommen), zwischen 0° 45 n. Br. und 2° 20 südl. Br. gelegen. Das Ostufer des die Gestalt eines schiefwinkligen Quadrats besitzenden Sees in der Landschaft Ugejeja wird durch eine ausgedehnte Hochebene, im Westen wird das Ufer durch den Abfall der Hochländer von Karagwe und Uganda gebildet. Nach den Ergebnissen der jüngsten Forschungen von Stanley ist der am Südrande des Sees (im Speke-Golf) mündende und in der Landschaft Urimi, 2 Breitegrade südlich des Sees entspringende Schimiju der Hauptzufluß desselben, während der Kitangule an der Westseite erst in zweiter Linie zu nennen ist; eine große Zahl kleinerer und größerer Flüsse, wie der Ruana, Mara, Gori, Jagama, Katonga, treiben ihre Gewässer dem See zu.

Am Nordufer des Sees, zwischen den Ländern Uganda und Usoga, hat der See einen Ausfluß, den Victoria-Nil, welcher, kaum aus der Napoleon-Bai ausgetreten, in den Riponfällen 4 Meter tief in sein felsiges 120 Meter breites Bett herabstürzt, um bald wieder die Stromschnellen von Isamba zu überwinden und sich zu 650 Meter Breite erweiternd in den von Long 1874 entdeckten Ibrahimisee zu ergießen. Nachdem er diesen 550—600 □Kilom. großen See durchflossen und auf dem linken Ufer vor der Einmündung in den See den ausgedehnte Sümpfe und Moräste bildenden Luadscherri aufgenommen, wendet sich der Fluß in nordwestlicher Richtung bis zur Einmündung des von Baker 1864 zweimal überschrittenen Kafur nach Nordost und in einem großen Bogen nach West zu den Karumafällen. Nach Speke sollten der Luadscherri und Kafu Ausflüsse aus dem Ukerewe bilden, die sich im Norden mit dem Victoria-Nil vereinigen, dadurch wäre ein verkehrtes Delta gebildet, dessen Unwahrscheinlichkeit offen zu Tage lag; durch Long und Linant de Bellefonds wurde aber erwiesen, daß der Kafur (Speke's Kafu) als Mwerango in dem Berglande von Uganda entspringt, und ebenso der Luadscherri, daher die Darstellung Speke's nunmehr berichtigt erscheint. Westlich der Karumafälle bildet der in ein felsiges, von Steilwänden eingeengtes Bett gezwängte Fluß auf einer Länge von nur 30 Kilometer 8 größere und kleinere Fälle und Stromschnellen (Bedmote, Schonanschonbi, Taba Makoni, Ossaka, Kabia, Wade und Ketutufälle), indem er das 950 Meter hohe Plateau von Unioro durchbrechend, zum Spiegel des Mwutansees (829 Meter Seehöhe) strebt. Vor seinem Eintritt in den Mwutansee stürzt die ganze Wassermasse des Flusses 36 Meter tief über die Murchisonfälle (eine Scenerie von überwältigender Pracht nach Baker's Beschreibung); währen d nun die älteren Forschungsreisenden, insbesondere Baker, den Fluß in seiner ganzen Masse in den Mwutansee einmünden lassen und denselben in der nördlichen Ecke des Sees wieder als Bahr el Abiad (Bahr el Gebel) in das Land der Madi eintreten lassen, soll nach den Versicherungen der Eingebornen und Erkundigungen, welche sowohl Linant von Mruli aus, als auch der Ingenieur Chippendall von Faschora im Lande der Madi aus eingezogen, der Fluß oberhalb der Murchisonfälle sich in zwei Arme theilen, von welchen der Hauptarm in nordwest= licher Richtung durch das Hochland von Faigoro nach Faschora fließt, während nur ein schmaler Canal, unterhalb der Murchison= fälle in den Mwutansee geht, und ebenso ein seichter, von ungeheuren Schilfmassen erfüllter Canal am Nordende des Mwutans die Verbindung desselben mit dem eigentlichen Nil= flusse herstellt, auch soll das Wasser des Nil, nach seiner Ein= mündung in den Mwutan unterhalb der Murchisonfälle, indem es den See durchfließt, sich nicht mit jenem des Sees ver= mischen, wie Linant erfuhr. Nach dieser Darstellung scheint es mehr als zweifelhaft, daß der von Baker am 18. März 1864 entdeckte Luta=Nzige oder Mwutansee, auch Albert=Nyanza ge= nannt, einen Quellsee des Nil bilde. Dr. Schweinfurth ist daher der Ansicht, daß der See wahrscheinlich seinen Haupt= ausfluß im Süden habe und seine Wässer einem großen Strom (Ogowai oder Congo) zusende, da es kaum vorausgesetzt werden kann, daß der See den Wasserzufluß durch Verdunstung ausscheide.

Der Mwutansee, der zweite der großen äquatorialen Seen, zwischen 0° und 3° n. Breite im Westen des Ukerewesees gelegen, hat eine Seehöhe von 829 Meter und wird im Osten von den 450 Meter hohen steilen, aus Granit, Gneiß und Porphyr bestehenden Abfällen des Hochlandes von Unioro, im Westen von den Steilwänden der 3000 Meter hohen blauen Berge umsäumt, und hat eine durchschnittliche Breite von 70—110 Kilometer, während dessen Länge unbekannt ist, von Baker über 450 Kilometer geschätzt wird, wenngleich Cameron und auch Livingstone im Norden des Tanganjikasees nichts über dessen Ausdehnung im Süden erfahren konnten; von seinen Zuflüssen ist nur der durch Baker entdeckte Kaiidschiri bekannt, welcher in einem Sumpfe des Hochlandes von Unioro entspringend, nach kurzem Laufe in einem 300 Meter hohen einzigen Falle sich in den See stürzt. Gegen Norden endet der See in ein breites schilfbewachsenes Thal; zwischen den beiden großen Seen liegen im Hochlande von Ruanda und Karagwe eine Anzahl kleiner Gebirgsseen, die uns an die Alpenseen erinnern.

Oestlich des Ukerewesees bereitet sich der an Ausdehnung bedeutend kleinere und sehr fischreiche Baringosee auf der Hoch= fläche aus, während auf der den beiden Bergriesen Kenia und Kilima=Ndscharo im Westen vorgelagerten Hochebene mehrere kleinere Gebirgsseen eingeschnitten sind.

Folgen wir nun dem Laufe des Nil, nachdem er in einer Breite von 440 Meter, unterhalb Faschora in das Gebiet der Madineger tritt. In nordwestlicher Richtung bis zu den Makedo= fällen und später nördlich fließend, ist sein Bett durch Felsenriegel allenthalben zwischen Dufile (einer Militärstation des Gordon Pascha) bis Regaf angefüllt und völlig unschiffbar. Erst von hier an bleibt der Nil nach Norden hin schiffbar. Auf beiden Seiten eine Unzahl kleiner Zuflüsse erhaltend, erreicht der Fluß (Bahr el Gebel hier genannt) unter dem 7.° nördl. Breite die Sumpfniederung und fließt bis zu der Noosee genannten Confluenz mit dem Bahr el Ghasal in vorwiegend nördlicher Richtung. Bisher ist der aus dem Baringosee entspringende Affua (in der Regenzeit ein mächtiger Gebirgsstrom) sein größter Nebenfluß und mündet oberhalb Dufile in den Nil. Von der durch österreichische Missionäre gegründeten, nunmehr aber aufgelassenen Station Gondokoro nach Norden weichen die bis= hin von Wald bedeckten festen Ufer unabsehbaren Marsch= und Sumpflandschaften, die dem Auge keine Abwechslung und Erholung bieten. Die Gestalt des Flusses ist eine völlig ver= änderte und zur Regenzeit (im Charif) gleicht die ganze Gegend einem einzigen See von undurchdringlichem Schilfe bedeckt. Während die Breite des eigentlichen Fahrwassers nur 90—100 Meter beträgt, stehen die hohen Ufer oft 3—400 Meter von einander ab. Unter $7^1/_2$° nördl. Breite trennt sich vom Bahr el Abiad ein Arm nach Nordosten ab, der den Namen Bahr Seraf (Giraffenfluß) trägt, welcher unter $9^1/_2$° nördl. Breite sich wieder mit dem weißen Nil vereinigt. In seiner ganzen Aus= dehnung ist dieser Arm versumpft und verschilft und nur nach der Regenzeit befahrbar, da ihm sonst das nöthige Wasser fehlt.

Beide Arme sind oft von undurchdringlichen schwimmenden Pflanzenbarren gesperrt, welche die Schifffahrt hemmen, wie dies Baker und Marno erfahren haben. Unter der letzterwähnten nördlichen Breite münden nun zwei bedeutende Flüsse in den weißen Nil, vom Osten der Sobat, vom Westen der Bahr el Ghasal; der Sobat fließt in flachen, soweit das Auge reicht, von endlosen Steppen umsäumten Ufern zum Nil und ist an der Mündung halb so breit als der Nil selbst. Seine den Bergstrom kennzeichnenden Wässer von milchiger Trübung stechen noch auf eine große Strecke von den schwarzen Fluthen des Nil ab. Von Westen tritt bei der Roosee genannten Mündung der Gazellenfluß (Bahr el Ghasal) in den Hauptstrom, diese Mündung ist seeartig ausgebucht und von schwimmenden Papyrusinseln erfüllt. Schweinfurth schreibt über den Charakter des die gesammten Flüsse des westlich von Bahr el Abiad sich ausdehnenden Steppen- und Berglandes aufnehmenden Bahr el Ghasal: „So erschien mir der räthselhafte Strom als die schiffbare Rinne des vereinigten Aestuariums einer Anzahl bedeutender Ströme. Im Hinblick auf die von ihm zum Nil geführte Wassermenge ist er noch ein ungelöstes Problem und scheint vor der Hand als gleichberechtigt um den Rang der Erstgeburt unter den Kindern des göttlichen Stromriesen mit dem Bahr el Gebel zu streiten. Bei Hochwasser scheinbar ein Fluß von unbegrenztem Inundationsgebiete, besteht er im März und April, zur Zeit seines tiefsten Standes, im oberen Theile aus einer Reihe seeartiger Erweiterungen mit fast stagnirendem Wasser, im unteren aus engen Canälen, überwachsen von einem dichten Rasenfilz ununterbrochen wuchernder Sumpfgräser." Unter den zahlreichen Zuflüssen dieses Stromlaufes sind vor Allem der Bahr el Arab und der Bahr Djur zu nennen, dessen letzteren Quelle Schweinfurth unter dem Namen Sfueh auf dem isolirten Kegel Gebel Baginse im Lande der Niam-Niam (circa 1220 Meter Seehöhe) entdeckte. In der Reihenfolge von Ost nach West strömen dem Bahr el Abiad und Bahr el Ghasal zu: der Djemit, der Nam Rohl, der Tondj mit seinem Zufluß Djau, der Djur mit den beiden Nebenflüssen Jubbo und Wau, sodann folgen die Nebenflüsse des Bahr el Arab: Pango, Kuru und Biri und schließlich der Bahr el Arab selbst. Je weiter wir uns vom Hauptfluß (Bahr el Abiad) nach Westen entfernen, umsomehr geht die Richtung der einzelnen Flußläufe von Nordost nach Osten über, so daß der Bahr el Arab einen vorwiegend östlichen Lauf zeigt. Nach der Einmündung des Sobat wendet sich der durch den Gazellenstrom aus seinem ursprünglich nördlichen Laufe nach Westen abgelenkte Fluß wieder nach Nord und erreicht nach einem vielfach gewundenen Laufe, und zahllose Inseln bildend, Chartum, woselbst der blaue Nil (Bahr el Asrak) sich mit dem weißen Nil vereinigt. Sowohl in Hinsicht auf die Länge seines Laufs, als auch auf die Ausdehnung seines Stromgebiets lernen wir in diesem mit der ältesten Culturgeschichte der Menschheit eng verbundenem Strome den längsten und entwickeltesten Strom der Erde kennen, sowohl der Missisippi-Missouri als auch der Amazonenstrom mit 6610 und 5640 Kilometer Länge bleiben hinter dem Nil zurück, der in directer Luftlinie von seinen Quellen zur Mündung 3900 Kilometer Abstand besitzt, während sein Stromgebiet von Schweinfurth auf 8,260.000 □Kilometer geschätzt wird (welche Angabe der Wahrheit ziemlich nahe kommen dürfte), der Amazonenstrom verfügt aber nur über ein Stromgebiet von 5,836.000, der Missisippi über ein solches von 3,193.500 □Kilometer.

Wir fassen nun das zweite große Stromgebiet Centralafrika's ins Auge, das des Congo. Zu den Riesenströmen der Erde zählend, indem er an seiner Mündung stellenweise 380 bis 400 Meter Tiefe besitzt und bei einer Breite von 2750 Meter und einer Strömung von nahezu 7 Kilometer in der Stunde die enorme Wassermasse von 51.000 Kubikmeter per Secunde ins Meer führt. Seine Wässer mischen sich erst 70—110 Kilometer weit von der Küste mit den Fluthen des Meeres und selbst noch auf 15—25 Kilometer weit ist das Wasser im Meere süß. Stellen wir uns vor, daß der Congo diese Wassermasse bei einem Stromgebiet von nur 2—3,000.000 □Kilometer sammelt, so läßt sich erstlich voraussetzen, daß seine Quellflüsse größtentheils noch im

Bereiche des äquatorialen Centralafrika und im Bereiche der ununterbrochenen oder mindestens zweimaligen Regenzeit im Jahre liegen, schließlich deutet die große Wasserfülle auch noch an, daß der Fluß und seine Tributäre durch große und zahlreiche Seen gespeist werden. Seit Tukey den Congo, auch Zaire genannt, bis zu den Katarakten im Osten der Randberge befuhr, war der Oberlauf, die Quellen des Congo bis in die jüngste Zeit unbekannt. Erst Cameron hat die Identität des Lualaba mit dem Congo zu größter Wahrscheinlichkeit nachgewiesen; absolute Gewißheit haben wir noch jetzt nicht.

Im Süden der beiden früher angeführten großen äquatorialen Seen und des großen Knotenpunkts des zweiten centralafrikanischen Erhebungssystems des Mfumbiro dehnt sich vom 3. bis zum 9.° südl. Breite, nahezu meridional (genau NNW.—SSO.) in seiner Längenachse verlaufend, der am 13. Februar 1858 von Burton und Spete entdeckte Tanganjikasee, das dritte große centralafrikanische Seebecken aus. In einer Seehöhe von 826 Meter ist es in einer Länge von ca. 670 Kilometer bei einer wechselnden Breite von 20—110 Kilometer und einer Fläche von 37.200 □Kilometer in das Hochland eingesenkt, und gegen Norden sich verengend, erreicht es seine größte Breite im südlichen Theile und ist von den mehr oder minder steilen Abfällen des Hochlandes eingesäumt.

Mit Ausnahme der beiden größeren Inseln Mbware und Kasenge enthält der See nur einige kleine Inseln nahe den beiden Ufern; sein Wasser ist von köstlicher Süße. Die durch die Passatwinde verursachte nördliche Strömung verleitete Livingstone, da er an den beiden Ufern keinen Ausfluß entdecken konnte, einen solchen am Nordende des Sees anzunehmen, bis er sich 1871 mit Stanley vom Gegentheil überzeugen konnte, indem dort der aus dem kleinen Kivosee kommende Rusizi sich in den See ergießt. Die eigentliche Aufnahme des Sees ist das Werk Cameron's. Von dem Hochlande, das ihn umgibt, strömen ihm eine große Anzahl kleiner Flüsse zu, unter welchen der Malagarasi, auf dem Hochlande in Usinsa entspringend, an seinem Ostufer südlich von Udschidschi in den See fallend,

der bedeutendste ist. Andere bedeutendere Zuflüsse sind der
Lofuku und Lofu an der Westseite der Sees. Durch den
Rikwa steht der See mit einem östlich auf dem Hochlande von
Fipa gelegenen Sumpfsee in Verbindung. Erst als Cameron
1873 an der Westküste des Sees den Lukuga, seinen ein=
zigen Ausfluß, entdeckte und dessen Mündung in den Lualaba
constatirte, war es entschieden, daß der Tanganjikasee nicht zum
Nil, wohl aber zum Congosystem gehöre.

Wenden wir uns nunmehr nach Westen, so stoßen wir
auf eine in einer langgestreckten Flachlandsfurche liegenden
Reihe von größeren und kleineren Seen, deren südlichster der
Bangweolo oder Bembasee, zwischen dem 11. und 12.° südl.
Breite gelegen, bei einer Breite von 110 Kilometer in seiner
von West nach Ost laufenden Längenachse 220 bis 260
Kilometer sich ausdehnt, dabei 1120 Meter Seehöhe besitzt
und in seinem Schooße mehrere größere Inseln beherbergt.
Seine Ostufer und theilweise seine Nord= und Südufer
gehen in eine ausgedehnte Sumpflandschaft, durchzogen von
einer großen Anzahl von Flüssen, über; während der Regen=
zeit, wo das Niveau des Sees steigt, ist es kaum möglich,
den See mit seinen Ufern von den ihn umgebenden Sümpfen
zu unterscheiden; von dem außerordentlichen Wasserreichthum
des Landes mag die Thatsache sprechen, daß Livingstone bei
seinem Uebergange über das Muxinga= und Urungugebirge und
im Lande Lobemba und Lobisa, im Gebiete des Oberlaufes
des Tschambesi, auf je 3—4 Kilometer einen Flußlauf traf,
ungezählt kleinerer Rinnsale. Dadurch gleicht das Land einem
wassergefüllten Schwamm, in welchem nur die riesigen Ameisen=
haufen einen trockenen Haltplatz gewähren. Am Ostufer fällt
der Tschambesi in den See, dessen Quelle wir in dem höchst=
liegenden Theile des Plateaus von Lobisa zu suchen haben,
außer ihm eine große Zahl kleiner Flüsse von wechselnder Tiefe.
In der Nordwestecke des Sees verläßt der Luapula in einem
anfänglich sehr breiten Bette in nördlichem Laufe den See,
um nach 300 Kilometer Entfernung in den Moerosee zu münden;
auf dem Wege dahin strömen dem Flusse von beiden Seiten

zahllose Flüßchen zu. Aus dem unter 9° südl. Breite liegenden Moerosee, der bei einer Seehöhe von 914 Meter einen Durchmesser von 70 bis 120 Kilometer besitzt, strömt in nordwestlicher und später nördlicher Richtung der Luapula als Lualaba nach einem Laufe von circa 270 Kilometer zum dritten in seiner Längenachse. von Ost nach West verlaufenden Kamorondo oder Landschisee, an Größe dem Moero ziemlich gleich.

Vor der Einmündung in den Landschisee erhält der Lualaba auf dem rechten Ufer den Ausfluß des Tanganjikasees, den Lükuga aus Osten, weiter nördlich auf dem linken Ufer aus Südwesten den auf der Wasserscheide zwischen Congo und Zambesi unter 12° südl. Br. entspringenden Lualaba-Kamorondo *), der auf seinem mehr als 820 Kilometer betragenden Laufe von Süden aus die beiden größeren Seen Lohemba, Kassali oder Kikondscha (533 Meter Seehöhe) und die kleineren Kowamba Kahando, Ahimbe, Bembe und Siwambo durchströmt. Jeder dieser Seen erhält aus dem Hochlande im Westen des Bemba und Moerosees (Konegebirge) Zuflüsse, unter welchen jene des Kassalisees, der Lufira der bedeutendste ist. Auch auf dem linken Ufer erhält der Lualaba-Kamorondo mehrere bedeutende Zuflüsse, wie den Luburi und Lovoi. Nachdem der Lualaba durch eine solche Masse Gewässer verstärkt, den Landschisee an seiner Nordwestecke verlassen, strömt er als ansehnlicher Strom in nördlicher und bei seinem Eintritte in das Land der Manjuema in nordwestlicher Richtung, die Länder Urua und Manjuema trennend, zu dem von Cameron erkundigten Sankorrasee. Bei dem großen Markte von Njangwe 4° 12′ südl. Br. und 24° 11′ östl. L. v. Gr. besitzt der Strom bei einer Breite von 1600—1800 Meter eine Tiefe von 3—4 Meter und eine Schnelligkeit von 3—4 Kilometer

---

*) Da in den dortigen Sprachen Lu Fluß bedeutet, so finden wir eine große Anzahl von fließenden Gewässern unter dieser Bezeichnung, was nicht wenig zur Verwirrung beitragen mußte, indem selbst der Quellfluß des Zambesi, der Liambei bei Livingstone, Palmerston-Lualaba heißt, während er den in Betracht kommenden als Webbs Lualaba, den Kassabi aber als Youngs-Lualaba bezeichnet.

per Stunde, führt also die Wassermasse von 3500—4500 Kubik=
meter per Secunde. Auf dieser Strecke erhält er von Osten den
Luama, von Süden den Lomämi, von Norden den Lila, Lindi
und Lowa, dessen letzteren Ursprung vielleicht im Mwutansee
gesucht werden dürfte. Es sind dies jedoch nur Vermuthungen,
indem westlich von Njangwe noch keines Forschers Fuß den
Strom verfolgt, daher sind uns bisher der Mittellauf des Congo
und die von ihm durchströmten Länder unbekannt. Der südliche.
Zufluß Lomämi erhält seinerseits wieder die beiden den Ikise
durchströmenden Flüsse Luwembi und Lubiransi zugesendet. Nach
Westen fortschreitend stoßen wir auf den Kassabi, der nahe den
westlichen Quellzuflüssen des Zambesi auf der Wasserscheide unter
12° südl. Br. entspringend und von beiden Seiten zahlreiche
Zuflüsse erhaltend in nördlicher Richtung dem Congo zuströmt;
schließlich treffen wir nahe der westlichen Randerhebung des
äquatorialen Centralafrika den Quango mit den Nebenflüssen
Kukumbi und Lunino und den durch den inselreichen Aqui=
londasee strömenden Barbela. Damit wäre das zweite große
Stromsystem Centralafrika's im Allgemeinen besprochen, wobei
selbstverständlich erwähnt werden muß, daß erst die künftigen
Forschungen es in seiner Gesammtheit darstellen müssen, seine
Bedeutung tritt aber schon in diesem Rahmen zur Genüge
hervor.

Wir wenden uns nun zu den übrigen Stromgebieten
Centralafrika's. Als Schweinfurth auf seinem Zuge in das
Mombuttuland 1870 nach Ueberschreitung des Unduku, eines
Nebenflüßchens des Jubbo, ohne Ahnung die durch keinerlei
auffällige Terrainschwelle bezeichnete Wasserscheide des Nil über=
schritten hatte, stieß er auf den Mbruole, der nach Westen floß,
und am 19. März 1870 auf den heißersehnten großen Fluß
Uëlle, von dem ihm die Nubier schon in Chartum so viel berichtet
hatten. Er fand ihn in seiner Physiognomie dem blauen Nil ähnlich,
zwischen hohen Uferwänden seine trüben bräunlich schillernden Fluthen
nach Westen wälzend. Bei einer Breite von 240 Meter erreichte er
eine Tiefe von 4 und 5 Meter, die Uferwände ragten 6—7 Meter
über den Wasserspiegel, seine Geschwindigkeit betrug 18—20

Meter in der Minute. Eine Meile oberhalb der Stelle, wo Schweinfurth den Uëlle überschritt, entsteht derselbe aus den beiden Flüssen Gabba und Kibali, welch' letzterer vor seiner Vereinigung mit dem Gabba zahllose Stromschnellen bildet. In den Kibali strömt der Kapili, während der Uëlle im Westen des Mombuttulandes die beiden Zuflüsse Nomājo und Nalobē aus Südosten erhält. Der Uëlle hat alle Merkmale eines Gebirgsflusses, wozu auch die Vereinigung so vieler bedeutender Flüsse auf einem relativ kleinen Raume auf einen nahen Ursprung im Gebirge hindeutet. Sein Ursprung, sowie der seiner südlichen Zuflüsse darf am Westabfalle der blauen Berge im Westen des Mwutansees gesucht werden. Wohin der Uëlle seine Gewässer sendet, ist noch unerforscht; Schweinfurth, sein Entdecker, läßt ihn als Schari in den Tschadsee gehen, ob mit Recht, muß die Zukunft lehren; andere Geographen lassen den Uëlle in den von Kölle erkundigten Libasee im Süden vom Andomalande (5° n. Br.) münden und aus diesem als Ba=njol in den Tschadsee gehen. Im nordwestlichen Theile Centralafrika's finden wir in dem das nordafrikanische Wüstenplateau vom centralafrikanischen Hochlande trennenden Depressionsgebiete ein Seebecken von beträchtlicher Ausdehnung zwischen 12° 30' und 15° nördl. Breite und 13°—15° 30' östl. L. v. Gr., den Tschadsee. Von ziemlich kreisförmiger Gestalt liegt dieses Seebecken 350 Meter über dem Meere und bedeckt in der trockenen Jahreszeit nach den Schätzungen des Afrikareisenden Rohlfs 11.000 □Kilometer, in der nassen Jahreszeit aber das Fünffache; eine Gruppe von Inseln (von dem Fischervolke der Budduma bewohnt) bedeckt den See. Vom Süden her mündet in dieses Seebecken der durch den Logone verstärkte Schari in einem breiten mehrästigen Delta. Von Dr. Nachtigal, dem Erforscher Wadai's, bis Gundi stromaufwärts verfolgt, ist er in seinem Oberlaufe unbekannt; der Umstand jedoch, daß Barth den Fluß im März 1852 im Steigen, groß und tief fand, deutet auf ein entferntes südliches Herkommen. Diese großen, durch den Schari zugeführten Wassermassen finden durch den in der Südostecke des Sees ausströmenden Behar el Rhasal

ihren Abfluß und ergießen sich durch diesen in die weite
Niederung von Bodele im Nordosten des Tschadsee.

Es erübrigt uns noch zweier Ströme zu gedenken, deren
Quellen Centralafrika's Hochländer bergen. Westlich vom
Schari unter etwa 10° n. Br. und 10° östl. v. Gr. stoßen
wir auf einen großen, nach Westen fließenden Strom, der von
Süden einen starken Zufluß erhält; es ist der Binuë, mit dem
Faro, bekanntlich der wichtigste Zufluß des Niger. Die Quellen
derselben sind uns unbekannt; die große, durch den Binuë
geführte Wassermasse und dessen hohes und ausgedehntes
Inundationsgebiet, er steigt nach Barth (nach der Confluenz
mit dem Faro) schon Mitte Juli und erreicht seinen höchsten
Stand Mitte August, um auf dieser Höhe (zuweilen 50 Fuß
über dem normalen Stand) bis Ende September, also 40—45
Tage sich zu erhalten, läßt vermuthen, daß der Strom ein entferntes südliches Herkommen besitzt und seinem Charakter nach
ein Gebirgsstrom ist. Dr. Nachtigal läßt den Uëlle in den
Binuë gehen.

Südlich des Aequators mündet der letzte der größeren
centralafrikanischen Ströme, der Ogowai. In mehreren Armen
seine Wässer in den Ocean sendend, hat der Strom nach seiner
Vereinigung mit dem aus dem Süden kommenden Ngunie eine
durchschnittliche Breite von 2500 Meter bei einer Tiefe von
5—15 Meter und starker Strömung. Sein Bett ist jedoch
vielfach durch ausgedehnte Sandbänke verengt. 180 Kilometer
östlich seiner Mündung biegt der in westlicher Richtung fließende
Strom scharf nach Norden um und nimmt hier auf dem linken
Ufer den Ngunie auf. Nach kurzer Strecke wendet sich der
Strom abermals nach Osten und Nordosten; derselbe heißt
nunmehr Okanda und sein Mittellauf als auch seine Quelle
sind uns noch unbekannt. Nach den Erkundigungen, welche der
französische Marinearzt Griffon de Bellay eingezogen, soll der
Okanda aus einem Lande südlich von Wadai kommen; wenn
dies nun auch nicht möglich ist, da die westlichen Zuflüsse des
weißen Nil und der Schari einer solchen Verbindung im Wege
stehen, so dürfte und könnte nur der Uëlle oder der südliche

Ausfluß des Miwutans mit dem Oberlaufe des Okanda in Be=
ziehung gebracht werden. Hoffentlich wird dieses wichtige Pro=
blem centralafrikanischer Geographie bald gelöst werden.

Der Wechsel der Bodenformen, die Vertheilung der stehenden
und fließenden Gewässer, insbesondere in Hinsicht auf die hori=
zontale und verticale Ausdehnung, geben im Vereine mit dem,
das Unbelebte belebende Element der Flora und Fauna den
einzelnen Theilen der Erdoberfläche einen bestimmten und dabei
mannigfaltigen Charakter; es ist auch in Centralafrika daher
leicht vorauszusetzen, daß der landschaftliche Charakter der ein=
zelnen Gebiete vielfach wechselt, wenngleich die Einförmigkeit
der Bodenplastik im Allgemeinen besonders scharf nur das Hoch=
land vom Flachland und der Sumpfregion scheiden wird.
Bergketten, im Sinne wie wir sie in unsern Hoch= und Mittel=
gebirgen sehen, finden sich in Centralafrika keine; im Gegentheile,
treten in überwiegender Mehrzahl reihenförmig sich folgende
oder völlig isolirte Berge auf dem Hochlande emporragend auf=
Reich an landschaftlichen Reizen gestalten sich aber die Seen=
regionen und die von tiefeingeschnittenen Rinnsalen durchsetzten
Hügelländer. Auf große Strecken wieder bildet der undurch=
dringliche, jede Umsicht vereitelnde Urwald, die Wildniß, den
hervorstechenden Landschafts=Charakter.

Durch das Thor in's Herz Afrika's, auf dem Nil vor=
dringend, stoßen wir schon südlich von Chartum bei Faschoda
auf die Region der Schillukinseln (im Gebiete der Schilluk=
neger); hier zeigen das Ufer und die Inseln noch dichte Wald=
bestände, in deren Schutz sich ein reiches Thierleben entwickelt.
Große Hippopotamusfährten bedecken das Ufer, Krokodile tummeln
sich in den Fluthen, große Leguane und Schlangen rascheln im
hohen und dürren Grase, während die Affenwelt in den Zweigen
der Bäume ihr Unwesen treibt und ganze Schwärme umher=
flatternder Wasservögel die Uferscene beleben. Besonders inter=
essant ist die eigenthümliche Vegetation von Wassergewächsen,
unter diesen am charakteristischsten der Ambatsch, ein Holzgewächs
von solcher Leichtigkeit, daß sein Gewicht von Schweinfurth
mit einer Federseele verglichen wird. Endloses Savannenmeer,

nur hie und da von riesigen Termitenhügeln unterbrochen, oder von den Ansiedlungen der Schilluk verdrängt, wechselt mit kleinen Waldbeständen an den Ufern ab. Südlich der Schillukstämme betreten wir das Gebiet der zahlreichen Nuehrstämme und damit die Sumpfregion des oberen Nil.

„Die Ufer des Tieflandes verschwinden unter den wuchernden Papyrus= und Ambatschgebüschen, unpassirbare und undurchdringliche, mit Hochgras bedeckte Flächen, auf welchen sich Moräste, Teiche, Seen ohne Zahl meilenweit ausbreiten; keine menschliche Wohnung, kein Baum, kein Hügel, keine Spur von Elephanten, Nashorn, Büffel, Giraffen, Löwen, Straußen, Antilopen, welche vor einem Jahrzehnt hier ihre ungestörte Ruhe pflegten — selbst Flußpferde und Krokodille scheinen durch das fortwährende Getöse der Dampfschifffahrt verscheucht, — das durch die ewige Einförmigkeit müde Auge späht tagelang vergeblich nach einem erquickenden Anhaltspunkte wie im unbegrenzten Horizont auf dem Meere, — nur einzelne Rohrhühner huschen hie und da aus dem Dickicht hervor und die Termitenhügel ragen ab und zu über die Grasfluren empor, — das ist die Sumpfregion, wo die Luft von Mosquitos wimmelt, mit ihren unvermeidlichen Bescheerungen: Fieber und Dysenterie.“ So schildert Hansal das Gebiet der Nuehrstämme, das Land zwischen dem Giraffenfluß und dem weißen Nil, zwischen $7\frac{1}{2}$ und $9\frac{1}{2}^0$ nördl. Breite.

Das Klima dieser Region ist geradezu tödtlich zu nennen; die Hälfte der Reisenden, die sich in dasselbe wagten, erlagen ihm; besonders hart erfuhren die nunmehr längst aufgelassenen österreichischen Missionsstationen Gondokoro und Heiligenkreuz die Unbill desselben, mehr als die Hälfte der Missionäre fand fern von der Heimat ihr Grab.

Erst südlich des 7. Breitegrades tritt wieder Urwald an die Ufer, der bis Gondokoro anhält. Im Districte der Schier ändert sich der trostlose Anblick der Sumpfgegend, das Terrain steigt an, der Wald bedeckt die Ufer, die Ortschaften nähern sich, die Ufer sind stellenweise mit Pflanzungen (Tabak und Simsim) bedeckt, die Dompalme ragt über das Dickicht heraus.

Bald tauchen die erſten Berge auf, zuerſt der iſolirte (900 Meter hohe Gebel Njerkani, dann die übrigen Berge, welche Gondokoro in der Entfernung von wenigen Stunden anmuthig umrahmen.

Nach Weſten hin am Gazellenfluſſe iſt die Eintönigkeit der Sumpfregion doch ſtellenweiſe unterbrochen, beſonders die Inſeln bieten eine angenehme Abwechslung, hübſche Baumgruppen und lichte Haine von größeren Bäumen zieren dieſelben, trotz der hohen Papyrushorſte und des verbrannten Ausſehens des Steppen= graſes fehlt es der Inſelwelt nicht an landſchaftlichen Reizen. Immergrünende dunkle Tamarindenkronen heben ſich grell von den Akazien ab, dazwiſchen die bizarren Geſtalten der von dichtem Schlingwerk umrankten Candelaber=Euphorbien begrenzen in jeder Richtung den Horizont. Nach den Nilzuflüſſen im Weſten des weißen Nil und vom Süden des Gazellenfluſſes fortſchreitend, wechſeln im Gebiete der weitverzweigten Dinkanegerſtämme Wald= und Steppenfläche, von Elephanten und Giraffen belebt, zugleich macht ſich ein deutliches Anſteigen des Terrains bemerkbar. Buſchwald tritt an die Stelle der bisher nur von einzelnen Buſchgruppen unterbrochenen Steppenfläche, eine ungewohnte Laubfülle gibt eine der auffallendſten Vegetationsgrenzen zu er= kennen. Ueber die landſchaftliche Phyſiognomie dieſes ausgedehnten Territoriums entwirft Schweinfurth folgendes Bild: „Das Gebiet der Dinka umfaßt ungefähr die geſammte Niederung, welche ſich vom unteren Laufe der vom Gazellenſtrom vereinigten Gewäſſer ausdehnt, eine weder durch Hügel noch durch anſtehende Geſteine unterbrochene Ebene von ſchwarzem Alluvialthon, wo aus= gedehnte Steppenflächen das parkartige Ausſehen der Landſchaft (im Bongo= und Djurlande) überwiegen und zuſammenhängende Waldungen nur auf kurzen Strecken vorkommen. Bis an die Dinka= grenzen reicht ein Theil jener ungeheuren Platte von Raſeneiſenſtein, welche nur durch ſanfte Hügelwellen differenzirt, oder durchbrochen von vereinzelten inſelartigen Gneißerhebungen, allmälig nach der äquatorialen Ebene anſteigt und ſich über den größten Theil des afrikaniſchen Centralkerns zu erſtrecken ſcheint. Zwiſchen der Vegetation an den Ufern von Teichen und Flüſſen und jener der Steppe herrscht der größte Unterschied; während in der Steppe durch die alljährlich wiederkehrenden Steppenbrände der Boden bis auf das Gestein entblößt wird, erhält sich hier, durch die Feuchtigkeit begünstigt, dichter Buschwald, dem aber hohe und alte Stämme fehlen.

Mit dem Betreten des Niam-Niamlandes vollzieht sich ein neuer, großer Wechsel. Dichte Buschwälder, imposant durch die Fülle und Größe des Laubschlages, bedecken das Land.

Der großlaubige Buschwald, innerhalb dessen die Steppennatur nur in Gestalt üppigen, aber eigentlich blos geduldeten Graswuchses zur Geltung gelangt, herrscht im gesammten Bongo- und Niam-Niamlande (südlich der Djur- und Dinkaterritorien) vor. Baumfreie Flächen bildet hier nur der kahle Felsboden oder in den Niederungen der sumpfig bewässerte Grund. Das Ackerland, welches nach zweijährigem Brachliegen sich wieder zum dichtesten Buschwald umgestalten kann, reißt nur periodische Lücken in seine Bestände. Der liebliche Zauber dieser Landschaften zur Frühjahrszeit spottet jeder Beschreibung. Ab und zu tritt ein Stückchen Urwald mit riesigen Feigenbäumen und Calamusdickicht (spanisches Rohr) auf; an solchen Stellen bildet der Wald eine Galerie, wie sie in den Stromgebieten aller Flüsse des Niam-Niamlandes oder südlich weit großartiger auftritt und zur Charakteristik des Niam-Niamlandes gehört, und dem vom Norden kommenden Reisenden die ungeahnte Pracht der innersten centralafrikanischen Wildnisse bietet. Ein beispielloser Quellreichthum, ähnlich wie ihn Livingstone von den Gegenden im Westen und Süden des Tanganjikasees beschreibt, bewirkt hier ein beständiges Fließen aller Bäche; das ganze Land, dessen Meereshöhe nirgends weniger als 600 Meter beträgt, gleicht einem stets gefüllten Schwamm; dadurch ist es erklärlich, daß die Ufer sich mit der vollen Majestät des Tropenwaldes schmücken. Die Mannigfaltigkeit der Baumarten, die Formenfülle der niederen Gewächse ist erstaunlich groß und stellt die ganze Flora des Busens von Guinea und der unteren Negerländer zur Schau. Bäume mit gewaltigem Stamme und von einer Höhe, die jene der Palme Egyptens in den Schatten stellt, bilden hier dichtgedrängte lückenlose Reihen, in deren Schutze sich minder imposante Gestalten im wirrsten Gemenge abgliedern. Im Innern dieser Uferwälder gewahrt man Säulen= gänge, egyptischen Tempelhallen ebenbürtig, in ewig tiefen Schatten gehüllt und von aufeinander gelagerten Laubdecken oft dreifach überwölbt. Der Boden ist voll murmelnder Quellen und Wasseradern. Im Mombuttulande südlich der Niam=Niam be= grüßt den Reisenden ein irdisches Paradies. Endlose Bananen= pflanzungen bedecken die Gehänge der sanft gewellten Thal= niederungen, die Oelpalme, unvergleichbar an Schönheit und all' die übrigen dieser Fürsten des Pflanzenreichs, welche der Welttheil beherbergt, an Pracht überstrahlend, bildet ausgedehnte Haine längs den Bächen und Flüssen, baut schattige Dome über den idyllischen Behausungen der Eingebornen. Das Land, welches eine durchschnittliche Seehöhe von 750—820 Meter be= sitzt, besteht aus einem beständigen Wechsel von tief eingesenkten Bächen und Flüssen und sanft ansteigenden Höhen.

Nach Westen hin dehnt sich der Landes= und Vegetations= charakter des Niam=Niam= und Mombuttulandes bis zu den uner= forschten Gebieten, die der Uëlle durchfließt, und bis zu den Krebsch und Goloftämmen aus.

Von hervorragend landschaftlichem Reize sind die Länder Uganda, Karagwe, Ufinfa, welche den Ukerewesee um= geben, ihre Physiognomie bildet einen scharfen Contrast zu den kaum 450 Kilometer nördlicher liegenden Nilländern. Schon die sumpfige Hochebene von Unjoro, das in die drei Districte Maguhgo, Foweira und Fodi zerfällt, ist ein reiches Land von großer Fruchtbarkeit, die große Zahl verkohlter Bäume spricht für die zahlreichen elektrischen Entladungen in der Regenzeit. Aus dem Boden sprießt eine ungewöhnliche reiche Vegetation, ein großer Blumenreichthum; ungeheure Ameisenhaufen unter= brechen die von 1—1¹/₂ Meter hohem Grase bedeckte Hoch= ebene, auf welcher ausgedehnte Sümpfe das Fortkommen er= schweren. Die Scenerie der Landschaft in Mtesa's Reich, Uganda, ist reizend zu nennen. Unabsehbare Bananenwälder, deren Früchte die Hauptnahrung der Bevölkerung bilden (wie

denn auch aus der Banane ein gährendes Getränk (Merissa)
erzeugt wird) wechseln mit Bosquets von Euphorbien, Kautschuk-
bäumen, Kaffeestrauch, Zuckerrohr und anderen tropischen Ge-
wächsen; der Graswuchs ist von größter Ueppigkeit. Zahllose
Papageien erfüllen mit ihrem Geschrei die Luft, riesige Termitenhügel bedecken den Boden. Linant de Bellefonds vergleicht
Uganda mit den schönsten Strichen Italiens. Lieblich bewaldete
Hügel, Thäler, umsäumt von zahlreichen Dörfern. Der Anblick
des Landes von der Residenz „Dubagu" aus ist ein wunder-
voller, sanft geschwungene Linien begrenzen den Horizont, un-
zählige Dörfer krönen die Hügel und liegen halbverborgen in
den Thälern, inmitten von Gärten und Bananenhainen, im
fernen Süden blinkt der Silberspiegel des Ukerewesees; die
Lage des ganzen Landes ist entzückend, dabei ist die Vegetation
trotz der Verwüstungen, welche die Elephantenheerden anstellen,
von üppigster Entfaltung, die Fruchtbarkeit unglaublich groß.
Die Inseln im Ukerewesee prangen im üppigsten Grün.

Ebenso gesegnet ist das Land Karagwe am Westufer des
Sees, das mit weichen Grasmatten bedeckte Thalland wechselt
mit Busch und stellenweise mit hochbewaldeten Anhöhen ab.
Tropisches Walddickicht dient zahlreichem Wilde zum Aufenthalt.
Die Gegend am Oberlauf des Kitangule gleicht der Schweiz
und besitzt durch ihre Gebirgsseen, in deren Hintergrunde sich
1000—1500 Meter hohe Berge erheben, einen besonderen Reiz.
Nahezu denselben Charakter besitzt auch Usinsa im Südwesten
des Sees und in etwas minderem Grade auch das „Mond-
land" Uniamuesi.

Wenden wir uns nunmehr nach Süden zu den Gebieten,
welche Livingstone 1867—1873 durchforscht hatte. Nach Ueberschreitung der Wasserscheide des Muxingagebirges stoßen wir
auf die Hochländer der Babisa, von Lobemba und Urungu.
Während der Regenzeit bilden diese Hochländer ein unbeschreib-
liches Bild der reichsten Ueppigkeit; das Blätterwerk erreicht
hier seine extremste Entwicklung, die welligen Fernen sind
Massen grünen Laubes; so weit das Auge deutlich sehen kann,

ruht es auf einem Mantel dieser Farbe und darüber hinaus wird die Scenerie dunkelblau.

In der Nähe kommen eine Menge bunter Blumen hervor. Die nassen Stellen der Thäler bedeckt ein kurzes steifes Gras, das diesen schönen Thälern das Aussehen gut gehaltener herrschaftlicher Parks gibt; aber jene Stellen sind voll bis zum Ueberfließen, in Wirklichkeit ungeheuere Schwämme. Die Bodenformen sind wellig, Alles ist mit dichtem Wald bedeckt. Der üppigen Vegetation entspricht eine reiche Thierwelt, umsomehr als diese Hochländer nur spärlich bewohnt sind.

Der Wald hallt von dem Gesang der Vögel wieder, Löwen und die anderen Raubthiere des tropischen Afrika durchstreifen das Land, das trotz seiner reichen Fauna von Livingstone ein Hungerland genannt wird. An den Ufern der Seen Moero und Bangweolo begünstigt die große Feuchtigkeit das Wachsthum eines üppigen tropischen Waldes mit riesigen Farrenkräutern, und in ihm tummeln sich Büffel, Zebras und Elephanten in Menge, doch beherbergt er auch Löwen und Leoparden. Zur Regenzeit ist das ganze Land vom Moerosee bis zum Manjuemalande im Westen des Tanganjikasees durch Ueberschwemmungen nahezu unpassirbar. Die Wälder, Alles trieft von Feuchtigkeit. Eine specielle Eigenthümlichkeit in den Landschaften um den Bangweolo sind die sogenannten „Schwämme", Sümpfe, die in großer Zahl das Land bedecken. In mancher Beziehung gleichen diese den Mooren, enthalten aber keinen Torf, sie bestehen nur aus poröser schwarzer Erde, bedeckt mit hartem, steifem Gras. An der Oberfläche sieht man kein oder wenig Wasser, tritt man aber darauf, so schlägt das Wasser hervor. Beständig circulirt das Wasser in ihnen und sickert ab.

Im Lande Bambarre, im Westen des Tanganjika, tritt wieder die majestätische Oelpalme auf, das bergige Land ist in seinen Thalsenkungen reich an riesenhaften Bäumen von 6 Meter Umfang und 30—40 Meter Höhe. Das vom Lualaba und seinen Zuflüssen bewässerte Land der Manjuema ist überall ausnehmend schön. Palmen krönen die höchsten Stellen des welligen Berglandes, die Wälder sind unbeschreiblich. Schlingpflanzen von der Dicke eines Ankertaues hängen zwischen den gigantischen Bäumen, der Boden ist äußerst fruchtbar. Die reiche Fauna des Landes birgt auch hier den Gorilla oder Soko.

Die Länder Barundi und Fipa am Ostufer des Tanganjika schildert Livingstone als paradiesische Berglandschaft; in den bambusreichen Thälern hausen Heerden von Elephanten, Büffeln, Zebra, Giraffen und anderen Thieren.

Im Westen der Seen Bemba, Moero und Landschi dehnt sich das große Rua= oder Uruareich und noch westlicher das selbst in seiner Begrenzung zum größten Theile noch unbe= kannte Moluareich aus. Von Livingstone und Maghyar, das erstere von Cameron theilweise erforscht, ist das Bild, das uns diese Reisenden von den Landschaften geben, ein groß= artiges. An fließenden Gewässern und Seen überreich, wechseln auf diesem von Hügelreihen sanftgewellten Boden fruchtbare und üppig entfaltete Pflanzungen mit undurchdringlichen, von Feuchtigkeit triefenden Urwäldern und Wildnissen, der Heimat zahlreicher Elephanten= und Büffelheerden, dem Schlupfwinkel des Löwen ab. Die einzelnen Waldcomplexe von 6—7 Tag= reisen Breite und 12—15 Tagreisen Länge lassen hie und da reichlich mit hohem Gras bedeckte, von krystallhellen Wasser= adern durchzogene Waldblößen zum Vorschein kommen; die Hügel= wellen werden gegen Osten, gegen Kebokwe immer höher, um dann gegen das Land der Balunda sich mehr und mehr zu verflachen. Das Moluareich ist im Allgemeinen stark hügelig, besonders im Norden und Osten mit hohen Wäldern bedeckt, zum Theil aber von ganz waldlosen grasreichen Ebenen durchzogen. Cameron nennt Rua und das Innere von Centralafrika überhaupt ein zumeist prachtvolles und gesundes Land von unaussprechlichem Reichthum. Der Boden birgt Schätze von Mine= ralien, Kohle (Braunkohle), Gold, Kupfer, Eisen und Silber in Menge. Das Land liefert Muskatnüsse, Kaffee, Semsem, Cola= nüsse; das Oel der stattlichen Oelpalme und eines zweiten öl= hältigen Baumes (Mpafu), Reis, alle Producte des südlichen Europa, Kautschuk, Kopal und Zuckerrohr. Durch die arabischen Händler an der Ostküste wird Weizen angebaut, sowie auch

Obstbäume mit Erfolg angepflanzt. Dieser wald- und wasser-
reiche, hügelige Charakter des Landes setzt sich auch in den
Ländern am Westrande Centralafrika's bis zum Okanda fort,
nördlich dieses Stromes bis zum Binue nimmt das Land mehr
den Charakter eines Berglandes an, jedoch auch hier sind es
meist nur isolirte Bergkegel, welche aus den mit üppiger Gras-
vegetation und undurchdringlichen Wäldern bedeckten Ebenen
aufsteigen.

Damit wäre nun der gegenwärtige Standpunkt unserer
Kenntnisse über die Gliederung des Innern von Centralafrika in
großen Zügen dargelegt. *) Mehr als 2,200.000 ☐Kilometer des
westlichen Centralafrika zu beiden Seiten des Aequators vom 8.°
südl. Br. bis 8.° nördl. Br. im Westen des Uëlle und der beiden
Seen Mwutan und Tanganjika sind uns in ihrer Bodengestaltung
und in ihrem landschaftlichen Charakter noch gänzlich unbekannt.
Hier eröffnet sich der Forschung noch ein weites und erprieß-
liches Feld. Hoffen wir, daß es nicht mehr lange dauern
wird, bis auch dieses weite Gebiet von den Routen europäischer
wissenschaftlicher Reisenden durchzogen erscheint, wie die oberen
Nilländer, und daß sich ein zweiter Livingstone finde, der
mit zäher Ausdauer sein Ziel verfolgend, den Schleier lüfte,
der diese terra incognita deckt.

---

*) Zur Orientirung empfehlen sich die von Dr. Petermann
meisterhaft entworfenen Blätter 68—71 der neuesten (Jubel-) Ausgabe
des Hand-Atlasses von Stieler.

Sammlung

gemeinnütziger populär-wissenschaftlicher Vorträge.

4. Heft.
Die wirthschaftlichen
Verhältnisse und Zustände Oesterreichs.
1848—1876.

Vortrag

gehalten im Handels- und Gewerbe-Vereine Sechshaus von

Ant. Wilh. Neydl,

Kaufmann, Mitglied des n.-ö. Gewerbe-Vereines und des Vereines für kaufmännische Interessen.

4 Bogen. Geheftet. Preis 30 kr. = 60 Pf.

5. Heft.
Das Herz des Menschen
im gesunden und kranken Zustande.

Vortrag

gehalten im Senatsaale der k. k. Universität

von

Dr. Caspar Singer.

3 Bogen. Geheftet. Preis 25 kr. ö. W. = 50 Pf.

6. Heft.
Central-Afrika
und die
neueren Expeditionen zu seiner Erforschung.

Vortrag

gehalten von

Dr. Josef Chavanne.

4 Bogen. Geheftet. Preis 45 kr. ö. W. = 90 Pf.

Sammlung
gemeinnütziger populär-wissenschaftlicher Vorträge.
In zwanglosen Heften.

Die Methode, sämmtliche Zweige des menschlichen Wissens auf dem Wege **populär gehaltener Vorträge** dem großen Publikum zugänglich zu machen, findet in demselben Maße wachsenden Anklang, in welchem die Anzahl solcher Vorträge sich mehrt und deren Gebiet nach jeder Richtung sich erweitert. Der Grund dieser Erscheinung liegt in dem sich stets steigernden Wissensdrange in allen Schichten der Gesellschaft und in der naturgemäßen Ursache, daß Mittheilungen jeder Art durch das lebende, gesprochene Wort, durch die geflügelte Form der Rede viel leichter im Geiste und Gemüthe ihren Eingang und Verständniß finden, als durch den trockenen Buchstaben.

Trotz dieser unwiderlegbaren Thatsache giebt es mancherlei Gründe, welche uns die Verbreitung und Verallgemeinerung von populär-wissenschaftlichen Vorträgen durch den Druck, wie sie die vorliegende Unternehmung anstrebt, wünschenswerth erscheinen lassen, und mehrere derselben seien hier angeführt. Es ist nicht Jedermanns Sache, einen mündlichen Vortrag in allen seinen Theilen mit jener geistigen Sammlung zu verfolgen, welche unbedingt nöthig ist, um nachhaltenden Nutzen aus demselben schöpfen zu können; nicht jedem Vortragenden ist die Gabe verliehen, sein Auditorium durch die Form seiner Redeweise zu fesseln; endlich sind Viele durch räumliche Hindernisse, Zeitmangel und andere Ursachen verhindert, trotz des lebhaften Verlangens und Wissensdurstes, den meist nur in größeren Städten gehaltenen populär-wissenschaftlichen Vorträgen beizuwohnen. Diesen, sowie der nicht minder großen Zahl Derjenigen, welche einen mit Interesse gehörten Vortrag gern auch der Erinnerung einprägen oder zu weiterem Studium benutzen möchten, glaubt die unterzeichnete Verlagshandlung durch **Veranstaltung vorliegender Sammlung gemeinnütziger populär-wissenschaftlicher Vorträge eine willkommene Gabe zu bieten** und zählt hierbei auf die Unterstützung der Vortragenden, wie auch der nach vielseitiger Bildung strebenden Lesewelt.

Wir sehen uns schon gegenwärtig in den Stand gesetzt, eine eben so reiche, als anregende Folge von Aufsätzen in Vortragsform aus allen Gebieten der populären Wissenschaft mit Zuversicht versprechen zu können.

Die **Geographie** mit ihren Zweigen, die **Naturlehre, Astronomie, Geschichte** und **Biographie,** die **Philosophie, Culturgeschichte** sollen mit Vorträgen auf **arzneiwissenschaftlichem, pädagogischem, botanischem, volkswirthschaftlichem** und **psychologischem** Gebiete abwechseln, Vorträge aus dem Bereiche der **Künste, Literatur** und der **Gewerbe** sind in Aussicht genommen, und werden auch **sociale** und **finanzielle Fragen** ihre Aufnahme in unsere Sammlung finden.

Das vorgesteckte Ziel der **Verbreitung edel populären Wissens** im Auge behaltend, soll unser Streben vor Allem dahin gerichtet sein, das Interesse der Freunde dieser Sammlung durch eine gewählte und gediegene Auswahl guter Vorträge lebendig zu erhalten, und rechnen wir auf eine allseitige und lebhafte Unterstützung unserer Unternehmung.

☞ **Beiträge zur Erweiterung dieser Sammlung werden gern entgegengenommen und angemessen honorirt.** ◀

Gottlieb Gistel & Co., Wien, Stadt, Augustinerstraße 12.